KB036195

【데이트 어 인터뷰 case-1 〈프린세스〉】

"으음……? 『새로운 데이터베이스 작성을 위해 정령들을 인터뷰해줘.
by 코토리』…… 라니, 코토리 녀석, 여전히 사람을 막 부린다니깐."
불가사의한 건물 안. 시도는 들고 있던 메모를 쳐다보면서 한숨을
내쉬었다.
하지만 무시할 수도 없다. 시도는 정령들을 인터뷰하기 위해 지시에
따라 첫 번째 문을 열었다.
"실례합니다……. 으음, 첫 번째로―."
그 순간, 방 안에서 검은색 광선이 뿜겨져 나오더니 시도의 발치에서
조그마한 폭발이 일어났다.
"우왓?!"
"―네놈은 누구냐."
"어? 어어?!"
시도는 그 말을 듣고 눈을 크게 떴다.
그럴 만도 했다. 방 안에 있는 사람은 시도와 처음 만났던 시절의
날카로운 칼날 같던 토카였던 것이다.

Q1 자기소개를 부탁합니다.
"이름……. 그런 건, 없다."
"잠깐, 네 이름은 토카잖아……?
그리고 방금 그 대사도 어디선가
들어본 것 같은데……."
"음? 무슨 소리를 하는 건지
모르겠구나."

Q2 좋아하는 것은 무엇인가요?
"조용히 잠들 수 있는 시간이다."
"으음, 그 말은……."
"빨리 꺼지라는 말이다."
"그럴 줄 알았습니다!"

Q3 싫어하는 것은 무엇인가요?
"인간이다."
"노, 노골적이네……."
"즉, 네놈이다."
"광선은 날리지 말라고?!"

Q4 좋아하는 남성 타입은?
"나와 얽히려 들지 않는 자다."
"그, 그렇구나……."
"좀 더 구체적으로 말하자면,
느닷없이 나타나서 질문을 하지
않는 자다."
"……."

Q5 좋아하는 남성에게 할 고백
대사는?
"죽고 싶지 않다면 빨리 내
눈앞에서 사라져라."
"너무 살벌하잖아!"

Q6 마지막으로 한 마디 부탁합니다.
"이제 됐나? 꺼져라."
"아, 저, 저기……."
"〈산달폰〉―【할반 헤레브】."
"시, 실례했습니다아아앗!"

【데이트 어 인터뷰 case-2 야토가미 토카】

"하아…… 큰일날 뻔 했네."
첫 번째 방에서 겨우겨우 도망쳐 나온 시도는 벽을 짚고 땅이 꺼져라 한숨을 내쉬었다.
"그런데 토카 녀석, 대체 어떻게 된 거지? 나를 기억하지 못하는 것 같던데……."
시도는 고개를 갸웃거리면서 다음 방으로 향했다.
그곳에서는 어떤 위험인물이 기다리고 있을지 알 수 없기에, 시도는 잔뜩 경계하며 문을 두드린 후 천천히 열었다.
하지만 각오를 다지며 문을 연 시도는 다시 한 번 눈을 동그랗게 떴다.
"오오, 시도!"
"토카?!"
그렇다. 방에 있던 사람은 시도가 잘 아는 토카였던 것이다.

Q1 자기소개를 부탁합니다.
"음! 야토가미 토카다!"
"휴우……. 평소의 토카네. 그럼 아까는 대체……."
"아까?"
"아, 아무 것도 아냐."

Q2 좋아하는 것은 무엇인가요?
"오오, 콩고물 빵을 정말 좋아한다!"
"그렇지?!"

Q3 싫어하는 것은 무엇인가요?
"흠…… 싫어하는 음식이라. 어렵구나."
"아, 꼭 먹는 걸로 한정할 필요는 없는데……. 아, 그러고 보니 토카는 매실 장아찌를 못 먹지 않아?"
"그건 싫어하는 게 아니라 아직 입에 맞지 않는 것뿐이다. 음식을 맛있게 먹지 못해서야 만든 사람에게 미안하지. 언젠가 반드시 극복하고 말겠다!"

Q4 좋아하는 남성 타입은?
"좋아하는 남성 타입…… 그건 콩고물 빵 같은 걸 말하는 것이냐? 아니면…… 가슴이 아릿해지는 쪽을 말하는 것이냐?"
"그, 글쎄. 그게 다른 거야?"

"음. 전자는 시도다. 그리고 후자는…… 으음."
"왜 그래?"
"난처하게 됐다. ……후자도 시도다."
"그, 그렇구나. 하하……."
"……."

Q5 좋아하는 남성에게 할 고백 대사는?
"매일 아침 된장국을 끓여다오!"
"사, 사나이다운 고백이네."
"음. 텔레비전에서 보고 감명을 받은 명대사다."
"뭐, 뭐……. 토카답기는 한데…… 앗!"
"음? 시도, 왜 그러느냐?"
"아니…… 그러고 보니 내가 이미 끓여주고 있잖아……."
"앗……!"

Q6 마지막으로 한 마디 부탁합니다.
"으…… 으음. 그래. 이미 끓여주고 있구나."
"으, 응……."
"……시도!"
"으, 응! 왜?"
"저기…… 그러니까, 행복하게 해주마!"
"뭐?! 아…… 으, 응……."

【데이트 어 인터뷰 case-3 토카(반전)】

"……."

얼굴이 새빨개진 상태로 두 번째 방에서 나온 시도는 볼을 긁적이면서 마음을 가라앉히기 위해 심호흡을 했다.

"조, 좋아. 다음 방으로 가자!"

그리고 아까와 달리 의욕이 넘치는 목소리로 그렇게 말하면서 다음 방의 문을 열었다.

"자, 다음은……."

하지만 문을 연 시도는 또다시 경악에 찬 표정으로 얼어붙은 것처럼 그 자리에서 멈춰 섰다. 시도가 그러는 것도 무리는 아니었다. 왜냐하면 그 방에는—.

"—뭐냐, 인간. 나에게 볼일이라도 있는 것이냐?"

일전에 봤던 토카의 반전체가 있었던 것이다.

"잠깐, 또 토카야?!"

Q1 자기소개를 부탁합니다.

"왜 네놈에게 내 이름을 알려줘야 하는 것이지?"

"아…… 그게, 인터뷰라서……."

"그럼 네놈부터 이름을 밝히거라."

"뭐? 아, 나는 이츠카 시도라고 해……."

"그러하냐."

"……."

"……."

"어, 끝이야?!"

Q2 좋아하는 것은 무엇인가요?

"참치 마요 주먹밥."

"뭐?"

"그것도 모르는 것이냐. 무식한 놈이구나."

"아, 그게 뭔지는 아는데…… 왠지 옛날에 꿈에서 들은 적이 있는 것 같은데……."

Q3 싫어하는 것은 무엇인가요?

"콩고물 빵이다."

"흐음, 이쪽 토카는 콩고물 빵을 싫어하는구나."

"그런 유치한 음식은 거론할 가치도 없다. 갓 튀겨서 향긋하고 바삭한 표면과 쫄깃쫄깃한 속, 그리고 그것을 감싸는 콩고물의 풍미가 정말……."

"……응? 싫어하는 거 맞아?"

Q4 좋아하는 남성 타입은?

"착석감이 좋은 남자다."

"착석감?!"

"그렇다. 네놈도 시험해 볼 테니 엎드려 봐라."

"어, 이렇게……?"

"그래. 그리고 내가 이렇게…… 아앙~."

"어? 방금 그 귀여운 소리는 뭐야……?"

"닥쳐라. 그리고 잊어라."

Q5 좋아하는 남성에게 할 고백 대사는?

"기뻐해라. 내가 네놈을 지배해주마."

"으, 응……. 왜 아직도 내 등에 앉아 있는 거야? 이 자세로 그런 소리를 하니까 위압감이 엄청난데……."

"시끄럽다."

Q6 마지막으로 한 마디 부탁합니다.

"배고프다. 맛있는 걸 준비해라. 구체적으로 말하자면 참치 마요 주먹밥을 가져와라."

"으음…… 그럼 편의점에 갔다올 테니 일단 내 등에서 비켜주지 않을래?"

"말대꾸하지 마라(찰싹)."

"히잉!"

DATE A LIVE ENCORE 5

CounselingORIGANI,HolidayREINE,AstraySilver,MurdererSilver,
SnowwarsSPIRIT,DarkmatterSPIRIT

CONTENTS

DATE

데이트

A

어

LIVE

라이브

ENCORE
앙코르 5

글 : 타치바나 코우시
그림 : 츠나코
옮긴이 : 이승원

THE SPIRIT

정령(精靈)

인계(隣界)에 존재하는 특수 재해 지정 생명체. 발생 요인. 존재 이유 둘 다 불명.
이쪽 세계에 모습을 드러낼 때, 공간진(空間震)을 발생시켜 주위에 심각한 피해를 끼친다.
또한, 엄청난 전투 능력을 보유하고 있음.

WAYS OF COPING1

대처법1

무력을 통한 섬멸.
단, 위에서 말했듯 매우 강대한 전투 능력을 보유하고 있기 때문에 달성 가능성이 극도로 낮음.

WAYS OF COPING2

대처법2

──데이트를 해서, 반하게 만든다.

데이트 어 라이브
앙코르 5

DATE A LIVE ENCORE 5

SpiritNo.8
Height 157/155 Three size B79/W56/H81/B90/W61/H86

오리가미 카운슬링

CounselingORIGAMI

DATE A LIVE ENCORE 5

점심시간을 알리는 벨 소리가 라이젠 고등학교 2학년 4반 교실 안에 울려퍼졌다.

"하암……."

바로 그 때, 창가 자리에 앉아 있던 토비이치 오리가미는 자신의 입에서 커다란 하품이 새어나오는 것을 느꼈다.

벨 소리를 듣고 졸음이 몰려온 것은 아니겠지만…… 어쩌면 수업이 끝났다는 것을 인식하고 긴장이 풀린 것인지도 모른다. 그리고 어제는 늦은 시간에 잠이 들었다는 점과 창문을 통해 스며들어오는 따뜻한 햇살 또한 적지 않게 영향을 끼쳤으리라.

"……아!"

다음 순간, 오리가미는 화들짝 놀랐다.

아무리 생리현상은 막을 수 없다고 해도, 나이를 먹을 만큼 먹은 여자아이가 남들 앞에서 입을 크게 벌리는 것은 경망한 행동이다. 오리가미는 손으로 입을 가리면서 주위를 둘러보았다.

클래스메이트들은 수업을 끝낸 선생님에게 일제히 인사를 하느라 자신의 모습을 보지 못한 것 같았다. 오리가미는 하아 하고 안도의 한숨을 내쉬었다.

새하얀 피부와 **등을 뒤덮을 만큼 긴 머리카락**이 인상적인 오리가미의 얼굴은 인형을 연상케 할 만큼 예뻤다. 하지만 표정은 **안심한 탓인지 약간 흐트러져 있었다**. 그런 그녀가 입고 있는 옷은 **어제 전학을 온** 이 도립 라이젠 고등학교의 교복이었다.

수업을 마친 선생님이 교실을 나간 후, 교실 안은 시끌벅적해졌다. 다들 교과서와 공책을 집어넣고 점심을 먹을 준비를 하기 시작했다.

"나도…… 점심 먹어야지."

오리가미는 작은 목소리로 그렇게 말한 후 가방에서 도시락을 꺼냈다. 그녀는 어제 전학을 왔기에 함께 점심을 먹을 친구가 없었다. 오리가미를 힐끔힐끔 쳐다보는 클래스메이트가 몇 명 있기는 했지만, 서로가 서로를 견제하고 있는 탓에 오리가미에게 말을 걸지 못하고 있는 것 같았다.

게다가 오리가미 또한 친화력이 좋은 편이 아니었다. 그러니 재빨리 점심 식사를 끝낸 후, 이 거북한 공기에서 해방

되는 편이 나을 것이다. 그렇게 판단한 오리가미는 도시락 통의 뚜껑을 향해 손을 뻗었다.

그때였다.

자신의 시야에 들어온 한 남학생을 본 오리가미는 움직임을 멈췄다.

그는 바로 오리가미의 옆자리에 앉은 소년— 이츠카 시도였다. 중성적인 외모와 상냥한 눈동자를 지닌 그는 오리가미와 마찬가지로 도시락을 꺼내서 책상 위에 올려놓았다.

"……."

그 모습을 본 순간, 오리가미는 가슴이 뛰었다.

그를 의식한 이유는 지극히 단순했다.

이츠카 시도는 어제— 즉, 오리가미가 이 학교에 전학을 온 날에 그녀를 인적이 없는 곳으로 불러내더니 데이트 신청을 했던 것이다. 어젯밤, 오리가미가 늦은 시간까지 잠이 들지 못했던 것도, 그에게 보낼 메일 내용을 어떻게 쓸지 고민했기 때문이다.

어찌된 영문인지 오리가미는 처음 대화를 나눠본 그의 데이트 신청을 거절하지 못했다. 그뿐만 아니라 마음 한편에는 시도와의 데이트를 고대하는 자신이 존재했다. 지금까지 이런 느낌을 받은 적이 한 번도 없었던 오리가미는 당황할 수밖에 없었다.

그는 자신에게 데이트 신청을 했다. 그러니 지금 말을 건

다면 같이 도시락을 먹을 수 있을지도…… 그런 생각이 오리가미의 머릿속을 스치고 지나갔다.

결심을 굳힌 오리가미는 시도를 향해 천천히 고개를 돌리고 입을 열려고 했다.

하지만 바로 그 순간—.

"토비이치 양!"

오리가미와 시도 사이에 한 소녀가 끼어드는 바람에 하려던 말이 쏙 들어가고 말았다. 머리카락을 올려 묶고, 교복을 약간 흐트러지게 입은 이 소녀는 클래스메이트인 야마부키 아이였다.

"아, 예?!"

갑작스러웠던 일이기에 오리가미는 약간 새된 목소리로 그렇게 대답했다. 아이는 그런 오리가미의 손을 움켜잡더니, 감격한 표정으로 그 손을 마구 흔들었다.

"고마워! 정말 고마워……!"

"어……? 어……?"

오리가미가 영문을 모르겠다는 표정을 짓고 있을 때, 아이의 뒤편에서 두 소녀가 얼굴을 불쑥 내밀었다. 아이의 친구인 하자쿠라 마이와 후지바카마 미이였다.

"아이~. 기쁜 건 알지만 좀 진정해~."

"그래~. 토비이치 양이 놀라잖아~."

두 사람은 그렇게 말하면서 오리가미를 쳐다보았다.

"토비이치 양, 미안해. 아이가 말이지, 토비이치 양의 조언 덕분에 첫 데이트 약속을 잡았다지 뭐야~."

"맞아~. 솔직히 말해 키시와다 군과 아직 한 번도 데이트를 하지 않았다는 게 오히려 놀랍다니깐."

"예……?"

오리가미는 눈을 동그랗게 뜬 후, 「아」 하고 중얼거렸다.

오늘 아침, 오리가미가 학교에 와보니 교실 한가운데에서 어두운 분위기를 자아내고 있는 이들이 있었다.

한 소녀가 머리를 감싸 쥔 채 책상에 엎드려 있었고, 곁에 있는 두 소녀는 난처한 표정을 짓고 있었다. 그녀들은 2학년 4반의 사이좋은 3인조, 아이, 마이, 미이였다. 오리가미는 어제 이 학교로 전학 왔지만, 자신에게 질문공세를 해대는 클래스메이트들 중에서도 그녀들이 가장 파워가 넘쳤기에 이미 이름을 외워버렸다.

그런 파워풀 3인조 중 한 명인 아이는 어제의 그 활기찬 모습은 어디로 가버렸는지 완전히 가라앉아 있었다. 오리가미는 그런 그녀가 조금 신경 쓰였다.

"……이제 무리야. 다 끝났어. 내 사랑은 거품처럼 덧없이 사라져버릴 거야……."

"아이도 참~. 데이트 신청을 했다가 차였다고 너무 우울해하지 마."

"그리고 키시와다 군은 딱 봐도 책벌레 초식 남자잖아. 왜 그런 애한테 메탈 밴드의 라이브 공연에 가자고 한 거야?"

"그, 그게…… 잡지 운세 코너에 그러라고 적혀 있었단 말이야……."

아이는 우에에엥, 하고 흐느끼면서 양손으로 얼굴을 감쌌다. 마이와 미이는 어쩌면 좋을지 모르겠다는 표정으로 서로를 쳐다보고 있었다.

"너무 걱정하지 마. 아이가 싫어서 거절한 건 아니잖아?"

"그래~. 데이트 장소를 바꿔서 다시 한 번 대시해봐."

"……어디로 바꾸면 되는데?"

"뭐? 그야…… 으음, 역 앞 번화가 어때? 쇼핑이라도 같이 하는 거야."

"……지난주에 해봤는데 차였어."

"그, 그럼…… 유원지!"

"……거기도 2주 전에 가자고 말했다가 거절당했어."

"으음……."

마이와 미이는 생각에 잠겼다. 아이는 더욱 가라앉았다.

"……."

많이 힘들어 보였지만 자신이 끼어들 문제는 아닌 것 같다고 생각한 오리가미는 세 사람을 방해하지 않기 위해 조용히 아이의 뒤편을 지나가려 했다.

하지만 바로 그때였다. 아이가 상체를 벌떡 일으키더니, 그대로 몸을 뒤쪽으로 젖혔다. 그녀는 브리지^{#1} 같은 자세를 취하며 오리가미의 앞을 막아섰다.

"토비이치 양~."

"꺄앗?!"

오리가미는 아이의 느닷없는 행동 탓에 놀랐는지 작게 비명을 질렀다. 하지만 아이는 개의치 않고 가라앉은 표정으로 말했다.

"……신성(神聖) 인기짱 미소녀 토비이치 양은 연애 경험도 매우 풍부하실 거라 사료되옵니다. 그 넘치는 지식으로 이 불쌍한 인기 바닥 소녀를 도와주시지 않겠나이까?"

"예? 아, 저는 딱히……."

"토비이치 양은 좋아하는 남자애와 데이트를 하게 된다면…… 어디에 갈 거야?"

아이는 오리가미의 말을 깨끗이 무시하며 그렇게 물었다. 그러자 오리가미는 당혹스러워하면서 마이와 미이를 쳐다보았다. 하지만 두 사람은 「부디 이 길 잃은 어린 양의 길잡이가 되어 주시옵소서」라고 말하는 것처럼 자애와 애원으로 가득 찬 표정을 짓고 있었다. 그런 두 사람을 본 오리가미는 왠지 대답을 해야만 하는 분위기에 사로잡히고 말았다.

"으, 으음……, 도서관, 은 어떨까요……?"

#1 브리지 레슬링에서, 누운 자세에서 머리와 다리로 몸체를 공중에 뜨게 하는 수비 기술.

"……아!"

아이는 오리가미의 말을 듣더니 용수철이 달린 장난감처럼 몸을 벌떡 일으켰다.

"야마부키 아이…… 다녀오겠습니다."

그리고 진지한 표정으로 그렇게 말하며 경례를 했다.

마이와 미이 또한 진지한 표정을 지으며 마주 경례를 했다.

오리가미는 왠지 같이 경례를 해야 할 것 같은 느낌이 들어서 가방을 왼손으로 들고 경례를 했다.

"……아……."

이마에 땀방울이 맺힌 오리가미는 눈을 가늘게 떴다.

―그러고 보니 그런 일이 있었다.

"자, 잘 됐나 보군요. 다행이에요."

아이의 기세에 압도당한 오리가미는 당황해서 그렇게 말했다. 그러자 아이는 눈가에 눈물이 맺힌 채 말을 이었다.

"저어어엉마아아알 고마워! 역시 연애 마스터 토비이치 양! 전에 다니던 학교에 팬클럽이 있었다는 소문은 사실이었구나!"

"예?!"

오리가미는 아이의 말을 듣고 눈을 동그랗게 떴다. 그 뒤를 이어 마이와 미이도 팔짱을 끼고 고개를 끄덕였다.

"그 숙맥인 키시와다 군에게서 한 방에 오케이를 받아낼 수 있는 해답을 내놓을 줄이야~. 역시 교육실습생 사냥꾼이라는 별명을 지닌 토비이치 오리가미 양. 정확한 조언이었어. 진짜 적으로 삼고 있지 않다니깐~."

"자, 잠깐……."

"전에 다니던 학교에서 여자 친구 있는 남학생 전원을 자신에게 푹 빠지게 만든 바람에, 여자애들에게 목숨을 위협받아서 어쩔 수 없이 전학 온 거라며? 오리가미 하렘 왕 전설은 나도 들었어!"

"아니, 저기……."

아이, 마이, 미이가 큰 목소리로 오리가미의 무용담을 읊어댔다. 참고로 이 출처불명의 소문은 전부 거짓이었다. 오리가미는 연애 마스터는 고사하고, 지금까지 단 한 번도 남녀 교제라는 것을 해본 적이 없었다.

하지만 클래스메이트들이 그 사실을 알 리가 없었다. 아이, 마이, 미이의 말을 들은 학생들은 「흐음~」 「그렇구나~」 「확실히 인기가 많을 것 같아」 같은 무책임한 소리를 하며 납득했다.

오리가미는 자신의 옆자리에 앉아있는 시도를 힐끔 쳐다보았다. 어째서인지 클래스메이트들 중에서 시도만은 그런 오해를 하지 않으면 좋겠다는 생각이 들었다.

"저, 저기, 아니에요. 저는 딱히……."

"저기, 토비이치 양."

오리가미가 그 말을 부정하려고 한 순간, 등 뒤에서 누군가의 목소리가 들려왔다. 고개를 돌려보니, 머리카락을 틀어 올려서 묶은 여학생이 볼을 붉힌 채 서있었다.

"무, 무슨 일이죠?"

오리가미가 묻자, 여학생은 결의에 찬 표정을 지으며 입을 열었다.

"저, 저한테도 조언을 해주셨으면 해요! 마음에 둔 사람이 있는데, 어떻게 말을 걸면 좋을지 모르겠어요!"

"예엣?!"

"제발 부탁이에요!"

오리가미는 느닷없이 그런 부탁을 받고 당황하면서도 계속 말을 이었다.

"……으음, 뭐, 저기, 자신의 솔직한 마음을 전하는 게 중요하다고 생각해요. 그러니 자신의 감정에 따라, 과감하게……."

"그렇군요!"

여학생은 그렇게 대답하고 긴장한 표정을 지었다. 그리고 교실 구석에서 이 일련의 소동을 지켜보고 있던 남학생을 향해 걸어갔다.

"저기…… 내가 무슨 말을 하고 싶은 건지 알겠지?"

"뭐? 아…… 으, 응."

남학생은 이 분위기에 삼켜졌는지 고개를 끄덕였다.

그 순간, 교실은 「오오오오오오오오오오오옷?!」 하고 술렁거림과 환성이 뒤섞인 목소리로 가득 찼다.

「우와, 말도 안 돼」「정확하기 그지없는 조언이야……」「역시 남자 헌터 토비이치……」 같은 말이 곳곳에서 들려왔다. 게다가 어느새 오리가미에게 별명까지 붙었다.

그리고 방금 그 커플 성립에 자극을 받은 것처럼 몇몇 학생의 눈이 반짝였다. 마치 자신도 오리가미에게 연애 조언을 받고 싶다는 것처럼 말이다.

"저, 저기……."

다들 기대에 찬 눈길로 자신을 쳐다보자, 오리가미는 변명조차 하지 못하고 우물쭈물했다.

바로 그때, 아이가 남들의 시선으로부터 오리가미를 지키려는 것처럼 그녀의 손을 움켜잡으며 벌떡 일어섰다.

"다들 뭐하는 거야. 토비이치 양이 겁먹었잖아."

"야, 야마부키 양."

아이가 도와줄 거라고 생각한 오리가미는 안도의 한숨을 내쉬었다. 하지만…….

"조언은 한 사람씩! 이 건물에 있는 빈 교실을 상담실로 삼을 테니까, 순서는 가위바위보 같은 걸로 공평하게 정해!"

아이가 끝내주는 미소를 지으며 그렇게 말하자, 오리가미는 아연실색할 수밖에 없었다.

그리하여 아이, 마이, 미이의 진두지휘에 따라, 건물 구석에 있는 빈 교실에 임시로 토비이치 연애 상담실이 개설되었다.

　빈 교실 한편에 의자 두 개가 마주보고 놓여있으니, 마치 상담실 같은 공간이 만들어졌다. 오리가미는 반쯤 강제적으로 한쪽 의자에 앉혀졌다.

　"……저, 점심을 못 먹었는데요."

　"걱정하지 마. 우리도 아직 못 먹었어!"

　"하지만 토비이치 양! 다들 토비이치 양의 조언이 필요해!"

　"인간은 감동만 먹고도 살 수 있어!"

　오리가미가 불만을 표시하자, 세 사람은 멋진 표정을 지으며 악덕 기업주 같은 소리를 했다.

　"그리고 SNS에도 올려놨어~."

　"그, 그런 짓도 한 건가요?!"

　"뭐, 이런 건 분위기가 중요하잖아. 사람이 몰려들면 그것만으로도 눈에 띠지 않겠어?"

　"저기, 저는 가능하면 남들의 눈에 띠고 싶지 않은데요……."

　오리가미는 식은땀을 흘리며 눈을 내리깔았다. 클래스메이트들의 연애상담을 해주는 것만으로도 큰일인데, 이렇게 선전까지 했다간 더 많은 이들이 몰려올지도 모른다.

"괜찮아, 괜찮아~. 이게 널리 확산되어봤자, 어차피 여기는 학교 안이야. 그리고 상담자는 기본적으로 우리 학교 학생만이거든."

"뭐, 비밀 잠입 루트와 변장 세트를 가진 사람이 있다면 또 모르지만 말이야~."

"그렇게까지 해서 찾아오는 사람이 있다면 오히려 환영해 줄래."

세 사람은 그렇게 말하더니 깔깔 웃었다.

……왠지 이제 무슨 소리를 하든 소용없을 것 같은 느낌이 들었다. 오리가미는 하아, 하고 땅이 꺼져라 한숨을 내쉬었다.

"자, 토비이치 선생님! 첫 번째 상담자가 왔으니 잘 부탁드립니다!"

"아, 예……."

오리가미가 힘없는 목소리로 대답한 순간, 교실의 문이 열리면서 머리카락을 왁스로 세운 남학생이 들어왔다.

"첫 번째 상담자! 2학년 4반, 토노마치 히로토입니다! 잘 부탁드려요!"

힘차게 인사를 한 그는 오리가미의 맞은편에 앉았다. 그는 꽤나 긴장을 한 것처럼 보였다.

"알았으니까, 좀 진정해."

"첫 상담자는 토노마치 군이구나~."

"그런데 뭘 상담하고 싶은 거야?"

아이, 마이, 미이는 그를 달래듯 그렇게 말하면서 오리가미의 옆에 섰다.

그러자 토노마치는 힘껏 주먹을 말아 쥐면서 열기어린 목소리로 말했다.

"사실, 나한테는 절친이 있는데……."

"절친……인가요."

오리가미는 숨을 삼키면서 그렇게 말했다. 그의 표정은 진지했다. 대체 뭘 상담하려는 건지 모르겠지만, 그 절친을 소중히 여기는 건 분명해 보였다.

오리가미는 그에게 압도당한 것처럼 자세를 바로 했다. ― 어쩌면 그 절친을 좋아하게 된 것일지도 모른다. 만약 그게 사실이라면, 오리가미는 어떤 조언을 해주면 될까…….

전혀 내키지 않는데다 오해와 착각 탓에 이런 역할을 맡게 되었지만, 상담자는 진지하기 그지없었다. 그런 그들을 대충 상대할 수는 없었다. 가능한 한 도움이 되는 조언을 해줘야 그들에 대해 예의를 지켰다고 할 수 있으리라.

오리가미가 그런 생각을 하고 있을 때, 토노마치가 눈을 치켜뜨고 입을 열었다.

"둘이서 오랫동안 애인 없이 옆구리 허전하게 살아왔는데, 요즘 들어 그 녀석만 여자들에게 인기가 있어……! 대체 어떻게 하면 나도 여자애들한테 인기 있는 녀석이 될 수 있

는지 가르쳐줘!"

"······하아, 그런가요."

진지한 태도와는 달리 속물적인 상담내용이었다. 오리가미는 식은땀이 자신의 볼을 타고 흘러내리는 것을 느꼈다.

"아, 나도 그 녀석을 원망하는 건 아냐. 하지만 왜 이렇게 차이가 나게 된 건가 싶어서 말이야. 작년까지 우리 이야기를 하는 여자애라고는 BL마니아뿐이었다고!"

"으음······."

오리가미는 난처한 표정을 짓고 미간을 찌푸리며 볼을 긁적였다. ······뭐, 상담 내용은 이렇지만, 일부러 오리가미를 찾아온 이를 함부로 대할 수는 없었다.

"저기······ 그 절친에게는 있고, 당신에게는 없는 것을 찾아보는 건······ 어떨까요?"

"그 녀석에게는 있고, 나에게는 없는 것······ 으음······."

토노마치는 잠시 동안 낮은 신음을 흘리더니, 뭔가 짐작이 가는 구석이 있는 듯한 표정을 지으며 손뼉을 쳤다.

"그래! 귀여운 여동생이야!"

"······예?"

토노마치가 그렇게 외친 순간, 오리가미의 눈동자는 콩알만 해졌다.

"그 녀석한테는 중학생인 여동생이 있는데, 정말 귀여워! 앗······ 그 녀석, 동생이 나이 좀 먹었다고 남매끼리 어른의 계단을 올라간 건 아니겠지······?! 그래, 요즘 그 녀석에게서 느껴지는 리얼충 분위기의 근원은 여동생인 거야! 그리고 그로 인해 생겨난 어른의 여유! 그게 그 녀석이 요즘 여자애들에게 인기 있는 비결이었어!"

"으음······."

"고마워! 수수께끼가 풀렸어! 나도 아버지와 어머니한테 여동생을 만들어달라고 부탁해볼게!"

토노마치는 밝은 목소리로 그렇게 말하며 의자에서 벌떡 일어서더니, 그대로 교실을 나갔다.

"······이래도 되는 걸까요?"

토노마치의 뒷모습이 시야에서 사라진 후에 오리가미가 그렇게 중얼거리자, 아이, 마이, 미이는「으음~」하고 낮은 신음을 흘리며 팔짱을 꼈다.

"뭐, 괜찮지 않을까?"

"애초부터 어이없는 질문이었잖아~."

"맞아~. 토노마치네의 식탁 분위기가 한동안 거북해질 뿐이야."

세 사람은 그런 무책임한 소리를 하며 웃었다.

"자, 그럼 계속하자."

마이는 그렇게 말하면서 다음 상담자를 불렀다.

그러자 이번에는 안경을 쓴 조그마한 체구의 여성이 교실에 들어왔다.

"잘 부탁해요……."

그 여성은 내키지 않는 듯한 목소리로 그렇게 말하며 고개를 푹 숙였다. 오리가미는 그 모습을 보고 눈을 동그랗게 떴다. 그러는 것도 무리는 아니었다. 그 사람은 학생이 아니라 2학년 4반의 담임인 오카미네 타마에 선생님, 통칭 타마 선생님인 것이다.

"서, 선생님, 뭐하시는 거예요?"

"아, 이 교실 앞을 지나가고 있었는데, 학생들이 저야말로 상담을 받아봐야 한다면서 억지로……."

타마 선생님은 그렇게 말하면서 쓴웃음을 지었다. 하지만 오리가미의 옆에 서있는 아이, 마이, 미이의 얼굴에서는 웃음기가 완전히 사라졌다.

……그러고 보니 타마 선생님은 스물아홉 살인데도 남편과 애인이 없다는 이야기를 어제 본인에게서 직접 들었다.

"……."

긴장한 탓에 목이 바짝 말랐다. 솔직히 말해 오리가미가 상담을 맡기에는 지나치게 벅찬 상대였다.

"저, 저기, 일단 상담 내용을 말씀해 주세요."

"으음, 그게 말이죠……."

타마 선생님은 말하기 힘들다는 듯이 아이, 마이, 미이를 힐끔 쳐다보았다.

고개를 갸웃거리던 세 사람은 몇 초 후, 타마 선생님의 의

도를 눈치챈 것처럼 고개를 끄덕였다.

"혹시 저희 앞에서는 말하기 힘든 내용인가요?"

"잠깐만 기다려주세요~."

"저희는 저쪽에 가 있을게요~."

세 사람은 그렇게 말하면서 교실 구석으로 걸어가더니, 뒤돌아서며 귀를 막았다.

타마 선생님은 그 모습을 본 후, 낮은 목소리로 말했다.

"저기, 이건 아무에게도 말하지 말아줬으면 하는데……."

"아, 예."

"사실 저, 올 4월에…… 프러포즈를 받았어요."

오리가미는 타마 선생님의 말을 듣고 눈을 동그랗게 떴다.

"어, 그런가요? 축하드려요. 상대는 누구인가요?"

오리가미가 그렇게 묻자, 타마 선생님은 잠시 동안 고민하더니 귓속말을 하듯 말했다.

"자세한 건 말 못하지만, 실은…… 이 학교의 학생이에요."

"예엣?!"

오리가미는 그 엄청난 커밍아웃을 듣고 경악했다. 그 소리는 귀를 막고 있는 아이, 마이, 미이에게도 들렸는지 그녀들은 어깨를 부르르 떨었다.

"쉿~! 쉬잇~!"

타마 선생님은 허둥지둥 자신의 입술에 검지를 댔다. 오리가미는 죄송해요, 라고 말하듯 고개를 숙이며 작은 목소리로 말을 이었다.

"저, 저기, 그게 사실인가요?"

"예. 그래요……."

"그럼 선생님은 그 사람을…… 어떻게 생각하시나요?"

"으음…… 그게 말이죠. 개인적으로는 장래가 꽤 기대되는 학생……이라고 생각해요. 책임감도 있고, 남도 잘 챙겨주는데다, 듣자하니 요리도 잘하는 것 같거든요."

"뭐, 뭐…… 사랑은 나이와 상관없다지만…… 그래도 가능하면 상대방이 졸업한 후에……."

오리가미가 그렇게 말하자, 타마 선생님은 아하하 하고 쓴웃음을 지었다.

"그것도 문제이기는 하지만…… 실은 뒷이야기가 있어요."

"뒷이야기, 라고요?"

"예……. 아무래도 제 행동이 좀 과했는지 『아직 각오가 안 됐다』면서 줄행랑을 쳤어요……. 그 후로 일곱 달 동안 눈곱만큼도 진전이 없었죠. 역시 이제 가망이 없는 걸까요……."

타마 선생님은 그렇게 말하면서 공허한 눈빛을 머금었다. 오리가미는 고개를 세차게 내저었다.

"어, 어쩌면 그 사람도 말할 타이밍을 놓쳤을 뿐인지도 몰라요. 그러니 포기하지 말고 다시 한 번 이야기를 나눠보는 편이 좋을 거라고 생각해요."

오리가미가 그렇게 말하자, 타마 선생님의 표정이 환해졌다.

"그, 그럴까요?"

"예! 자신감을 가지세요!"

"고마워요! 저…… 다시 한 번 그에게 물어볼게요!"

타마 선생님은 눈을 반짝이면서 돌아갔다.

아이, 마이, 미이는 그 기척을 느꼈는지 오리가미 쪽으로 돌아섰다.

"아, 끝났어?"

"상담내용이 뭐였어?"

"아, 그걸 물어보면 아까 귀를 막고 있었던 게 의미가 없잖아!"

아이, 마이, 미이는 그렇게 말하더니 웃음을 터뜨렸다. 오리가미는 뭐라고 말해야 좋을지 몰랐기에 그저 애매한 미소를 지었다.

"으음, 이제 들어가도 되겠느냐?"

바로 그때, 타마 선생님이 나갈 때 닫힌 문이 열리더니 다음 상담자가 교실 안으로 들어왔다.

"─."

그 상담자를 본 순간, 모두 말문이 막히고 말았다.

그러는 것도 무리는 아니었다. 그 사람은 칠흑빛 머리카락과 수정 같은 눈동자를 지닌 엄청난 미소녀였으니 말이다.

"어, 토카도 상담할 게 있어?"

"……음, 그렇다."

마이가 이름을 부르자, 그 소녀— 오리가미의 클래스메이트인 야토가미 토카는 고개를 끄덕이며 의자에 앉았다. 시도의 오른편 자리에 앉는 그녀의 외모는 오리가미가 대정령부대에 소속되어 있을 때 전장에서 봤던 정령과 흡사했지만— 정령이 학교에 다닐 리가 없으니 그냥 닮기만 한 것이리라.

"여기서 적절한 조언을 받을 수 있다고 들었다. 으음……."

"아, 토비이치 오리가미라고 해요."

"아, 그러하냐. 잘 부탁한다, 토비이치 오리가미."

약간 고풍스러운 말투를 사용하는 소녀였다. 하지만 그런 독특한 말투도 그녀의 가련한 외모 덕분인지 개성적인 매력 포인트처럼 느껴졌다.

"그런데 뭘 상담하려는 거야? 역시 이츠카 군에 관한 거야?"

"어—?"

미이의 말에 반응을 보인 사람은 토카가 아니라 오리가미였다. 설마 이 자리에서 시도의 이름을 듣게 될 거라고는 꿈에도 생각하지 못했던 것이다.

"음? 왜 그러느냐?"

"아, 아뇨……. 그것보다, 이츠카 군과 무슨 일 있었나요?"

"음…… 실은 이틀 전부터 시도가 좀 이상하다. 그의 기운을 북돋아줄 방법이 없겠느냐?"

토카는 불안함이 어린 목소리로 그렇게 말하며 눈썹을 찌푸렸다.

오리가미는 으음 하고 낮은 신음을 흘리며 턱에 손을 댔다. 시도가 좀 이상하다는 말만으로는 원인을 추측하기 어렵기에, 세세한 대응책을 제시할 수 있을 리가 없었다.

그때 오리가미는 퍼뜩 깨달았다.

자신이 지금 신경 쓰고 있는 것은 토카에게 적절한 조언을 해줄 수 있을지 없을지가 아니라— 이 소녀와 이츠카 시도가 어떤 사이인가, 라는 점이라는 사실을 말이다.

"……아냐, 아냐."

오리가미는 머릿속에 떠오른 잡념을 떨쳐내려는 것처럼 고개를 저었다. 이 소녀가 시도와 어떤 사이이든 오리가미와는 상관이 없다. 오리가미 또한 시도에게 데이트 신청을 받기는 했지만, 딱히 사귀자는 말을 들은 것도 아니었다. 게다가 오리가미만 그 제의를 데이트라고 생각하고 있을 뿐, 시도는 다른 볼일이 있는 것일 가능성도 존재했다.

그러니 상관없다. —설령 이 소녀가 시도의 연인일지라도 말이다.

"음…… 괜찮으냐?"

오리가미가 입을 다물자, 토카는 걱정스러운 표정을 지으며 그녀의 얼굴을 쳐다보았다. 오리가미는 허둥지둥 손을 내젓고 마음을 진정시키려는 것처럼 크흠 하고 헛기침을 했다.

아무튼, 오리가미가 할 수 있는 것은 불안을 느끼고 있는 이 소녀가 조금이라도 안심할 수 있도록 돕는 것뿐이다. 오리가미는 토카의 얼굴을 다시 쳐다보았다.

전지전능한 조물주조차도 그녀를 만들 때에는 세심한 주의를 기울였을 게 틀림없다는 생각이 들 정도로 토카의 외모는 아름다웠다. 같은 여성인 오리가미조차도 한순간 눈길을 빼앗겼을 정도다. 같은 또래의 남자라면 그녀와 시선이 마주치기만 해도 가슴이 뛸 것이다.

그렇기 때문에 오리가미는 힘차게 고개를 끄덕였다.

—그를 믿으며, 상냥한 말을 건네세요. 분명 그게 최선의 방법일 거예요.

오리가미는 그런 대답을 머릿속에 떠올리면서 입을 열었다.

"——————, ————."

그러자 아이, 마이, 미이는 한순간 고개를 갸웃거렸다. 그리고 영문을 모르겠다는 표정을 지으며 오리가미를 쳐다보았다.

그 모습을 본 오리가미 또한 고개를 갸웃거렸다. ……자신이 방금 이상한 말을 하기라도 한 것일까?

"정말이냐? 그러면 시도가 기운을 차린다는 것이지?"

"예. 물론이에요. 자기 자신을 믿으세요."

"알았다! 정말 고맙다!"

토카는 힘찬 목소리로 그렇게 말하고는 갑자기 입고 있던 교복 상의의 단추를 풀었다. 그리고 후드를 쓰듯 옷깃 부분을 머리에 걸치더니, 마치 울트라맨에 나오는 괴수 자밀라 같은 모습을 했다.

"그럼 가보겠다!"

토카는 그 모습 그대로 교실 밖으로 뛰쳐나갔다.

오리가미는 그런 그녀의 등을 쳐다보면서 중얼거렸다.

"……왜 갑자기 저런 모습을 한 걸까요?"

"""……윽?!"""

아이, 마이, 미이는 오리가미가 방금 중얼거린 말을 듣고 경악했다. 하지만 오리가미는 그녀들이 놀라는 이유를 짐작조차 할 수 없었다. ……혹시 이 학교 학생들 사이에서는 저런 모습을 하는 게 대수롭지 않은 일인 걸까?

오리가미가 의아해하고 있을 때, 또 교실의 문이 열리더니 다음 상담자로 보이는 두 소녀가 들어왔다.

"호오? 혹시 그대가 바로 요즘 소문이 자자한 그 전학생인 게냐?"

"의뢰. 잘 부탁드려요."

토카보다도 개성적인 말투로 그렇게 말한 두 소녀는 어찌된 영문인지 느닷없이 멋진 포즈를 취했다.

쌍둥이라서 그런지 나란히 선 두 소녀는 표정과 헤어스타

일, 그리고 체형 이외에는 분간이 되지 않을 만큼 생김새가 흡사했다.

"으음, 여러분은……."

"훗, 잘 물어보았다. 나는 야마이 카구야. 삼라만상을 휩쓰는 구풍(颶風)의 왕녀이니라."

"인사. 야마이 유즈루예요. 카구야와 함께 2학년 3반이에요."

유즈루의 말을 통해 두 사람이 자신과 다른 반이라는 사실을 안 오리가미가 고개를 끄덕였다. 이 두 사람의 얼굴이 눈에 익지 않은 게 납득이 되었던 것이다. 마치 개성이 폭발하는 것 같은 이 두 사람을 한 번이라도 봤다면 절대 잊지 못했으리라.

그 순간, 오리가미는 전율하고 말았다. 그녀가 아까 걱정했던 대로, 2학년 4반 교실에서 벌어진 소동이 SNS를 통해 다른 반에도 알려진 것 같았다.

오늘은 점심을 먹지 못할지도 모른다는 생각이 든 오리가미가 낮은 신음을 흘렸다.

"뭘 하는 게냐. 평판이 좋은 점술사라고 해서 이렇게 일부러 찾아와줬지 않느냐. 빨리 나를 점쳐 보거라."

카구야는 재촉을 하듯 그렇게 말했다. 오리가미는 그 말을 듣고 눈을 치켜떴다.

"점술……이라고요? 저는 그런 건 할 줄 모르는데요……."

"뭐시라? 이상하구나. 어둠에 뒤덮인 현대에 빛을 비춰 길을 제시한다고 들었다만……."

"긍정. 『백발백중! 오리가미 선생님의 스피리추얼 스테이션』이라고 적혀 있었어요."

"저, 저는 모르는 일이에요! 그리고 그 수상쩍은 선전 문구는 대체 뭐죠?!"

오리가미는 반사적으로 외쳤다. 아무래도 오리가미 본인도 모르는 사이에 이야기가 과장된 것 같았다.

"흠. 뭐, 좋다. 그럼 이곳은 뭘 하는 장소인 게지?"

"아~, 여기는 연애의 달인인 토비이치 양에게 연애상담을 받는 곳이야."

아이가 카구야의 질문에 답했다. 카구야는 그 말을 듣더니 귀를 쫑긋 세웠다.

"연애…… 흠, 그런 게냐. 우매한 군중이 몰려 있어서 무슨 일인가 했더니……. 한심하구나. 유즈루, 돌아가자꾸나."

카구야는 코웃음을 치며 그렇게 말하더니 뒤돌아서려 했다.

하지만 다음 순간, 유즈루가 카구야의 팔을 움켜잡고 그녀가 교실 밖으로 못 나가게 했다.

"이, 이게 무슨 짓이냐?!"

"제지. 그것보다, 연애상담이라고 했죠?"

"아, 예……."

"상담. 사실 카구야는 신경 쓰이는 상대가 있지만, 솔직하게 자신의 마음을 밝히지 못하네요. 뭔가 좋은 방법이 없을까요?"

"유, 유즈루, 너 지금 무슨 소리를 하는 거야?!"

유즈루의 말에 카구야가 얼굴을 새빨갛게 붉히며 그렇게 외쳤다. 아까까지의 거만한 말투가 아니라 평범한 여자애 같은 말투로 말이다.

"요청. 빨리 대답해 주세요."

"잠깐…… 조, 조언 같은 건 필요 없단 말이야!"

카구야와 유즈루는 그렇게 말하면서 엎치락뒤치락했다. 오리가미는 쓴웃음을 머금은 채 그런 두 사람을 쳐다보며 말했다.

"으음…… 그럼 방금처럼 유즈루 양이 카구야 양의 말을 대변해주는 건 어떨까요……?"

"무, 무슨 소리를 하는 거야~?! 유즈루에게 그런 걸 시켰다간, 밑도 끝도 없는 소리를 해댈 게 뻔하잖아아아앗!"

"질문. 구체적으로 어떤 말을 하면 되는 거죠?"

"예? 으음…… 카구야 양이 당신을 의식하고 있답니다…… 같은 말은 어떨까요?"

"뭐……."

오리가미가 그렇게 말하자, 카구야는 얼굴을 더욱 붉히더니 그대로 오리가미에게 달려들려는 것처럼 버둥거렸다.

하지만 카구야는 유즈루에게 완전히 잡혀 있었다. 유즈루는 그 상태로 진지한 표정을 짓더니, 오리가미를 지그시 쳐다보았다. 그리고 도끼눈을 뜨면서 이렇게 말했다.

"—실망. 물러 터졌군요."

"예?"

"요구. 그런 평범한 답변을 원하는 게 아니에요. 좀 더 생생하면서도 음란하며, 듣기만 해도 인내심이 바닥나버릴 것 같은 음탕한 표현을 가르쳐 주세요."

"그, 그런 걸 제가 알 리가……."

"부정. 아뇨, 당신이라면 할 수 있을 거예요. 왠지 모르겠지만 그런 확신이 들어요."

"저한테는 무리……."

"연소(燃燒). 왜 해보지도 않고 포기하려고 하는 거죠? 자기 자신을 활활 불태워보세요."

"그, 그럼…… 저기, 당신을 좋아해요…… 같은 거면 될까요?"

"요구. 더욱 강렬한 걸로 부탁해요."

"……나를 엉망진창으로 만들어줘…… 라든가?"

오리가미가 볼을 붉히더니, 머뭇거리면서 그렇게 말했다. 하지만 유즈루는 납득하지 못하고 더욱 센 것을 가르쳐달라고 말했다. 참고로 카구야는 유즈루에게 입을 막힌 채「읍~! 읍~!」하고 외쳐대고 있었다.

이래서야 어중간한 표현으로는 납득해주지 않을 것 같았

다. 오리가미는 잠시 동안 고민한 후, 유즈루의 귀에 입을 대고 구체적인 예를 말해줬다.

"……앗! 경악."

그러자 유즈루는 눈을 크게 뜨더니, 카구야를 내팽개치고 그 자리에서 무릎을 꿇었다.

"경외. 역시 당신은 유즈루가 생각했던 대로의 인물이었어요. —마스터 오리가미라고 불러도 될까요?"

"아…… 그, 그러세요……."

오리가미가 식은땀을 흘리며 그렇게 대답하자, 유즈루는 만족했다는 듯이 고개를 끄덕였다. 그리고 카구야의 손을 잡더니 걸음을 옮겼다.

"보행. 가죠, 카구야. 그런 말을 듣는다면 그 어떤 남자라도 한 방에 넘어올 거예요."

"뭐?! 대, 대체 무슨 말을 들은 거야?!"

"비밀. 나중에 그 남자와 함께 들으세요."

"시, 싫어어어어엇?!"

유즈루는 필사적으로 저항하는 카구야를 질질 끌면서 교실을 나갔다.

그 후, 교실은 몇 초 동안 침묵에 휩싸였다.

"뭐랄까…… 폭풍 같은 쌍둥이였어~."

아이가 그렇게 중얼거렸다. 마이와 미이, 오리가미는 동의를 하듯 고개를 끄덕였다.

바로 그때였다.

복도 쪽에서 다급한 발소리가 들려오더니, 다음 순간 문이 힘차게 열렸다.

그리고 한 여학생이 거친 숨을 내쉬며 안으로 들어왔다.

그 소녀를 본 오리가미의 얼굴은 경악으로 물들었다. 그녀는 아까 상담을 받았던 소녀, 토카였는데…… 어찌된 영문인지 머리카락과 옷에 나뭇가지와 잎이 붙어 있었으며, 온몸이 흙먼지로 범벅이 되어 있었다.

"어떻게 된 것이냐! 네가 말하는 대로 했더니, 시도는 더욱 걱정스러운 표정을 지었단 말이다!"

"예…… 에엣?!"

오리가미는 무심코 그렇게 외쳤다. 하지만 그녀는 토카의 말을 듣고 놀란 것이 아니라, 그녀의 모습을 보고 놀란 것이었다.

"대, 대체 어쩌다 그렇게 된 거죠?"

"무슨 소리를 하는 것이냐! 네가 「시도 군은 분명 사악한 기운에 물든 거예요. 이대로 뒀다간 큰일이 나겠죠. 지금 바로 퇴마 의식을 치러야 해요. 교복 상의를 머리에 뒤집어쓰고 자밀라 흉내를 내면서 시도 군 앞에서 반복 옆뛰기를 한 후, 그대로 교실 창문 밖으로 몸을 날리세요」라고 말했지 않느냐!"

"그런 소리를 할 리가 없잖아요!"

오리가미가 그렇게 외치자, 아이, 마이, 미이는 일제히 「뭐?」 하고 되묻는 표정을 지었다.

하지만 세 사람의 반응이 눈에 들어오지 않는지, 토카는 고개를 세차게 저으며 말을 이었다.

"아무튼! 진짜로 시도가 기운을 차리게 할 방법을 가르쳐 다오! 대체 어떻게 하면 시도의 기운을 북돋아줄 수 있느냔 말이다!"

"아, 알았어요. 그럼 좀 대담한 방법이지만……."

오리가미는 가볍게 헛기침을 한 후, 생각에 잠겼다.

그러고 보니 일전에 인터넷에서 인간은 타인에게 안겼을 때 안도감을 느끼며, 뇌에서 정신을 안정시키는 호르몬이 분비된다는 정보를 본 적이 있었다. 이 방법이라면 틀림없으리라. 토카 같은 미소녀에게 포옹을 받는 것이니까 말이다.

하지만 이곳은 학교이며, 그녀와 이츠카 시도는 학생이다. 불순한 이성교제를 조장하는 조언은 피해야만 한다. 효과가 약해질지도 모르지만, 좀 순화시킨 방법을 쓰는 편이 무난하리라.

─그의 손을 잡고, 다 잘될 거라고 말해주세요.

오리가미는 마음속으로 뭐라고 말해줄지 정한 후, 입을 열었다.

"그가 더욱 걱정스러운 표정을 지었다…… 그건 그에게 들러붙은 악마가 괴로워하고 있다는 증거예요. 이제 조금만 더 노력하면 돼요. 이번에는 브리지 자세를 취한 채 그의 주위를 빙글빙글 돈 다음, 지그소#2의 『Sky high』를 부르면서 옥상에서 풀장을 향해 다이빙하세요.”

그리고 또 상냥한 미소를 머금으며 그렇게 말했다.

“““……뭐?!”””

그러자 아이, 마이, 미이는 이번에도 뜻밖이라는 듯한 표정을 지었다.

“이번에야말로 진짜겠지? 그러면 진짜로 시도는 기운을 차리는 것이지?!”

“예! 틀림없어요!”

“알았다! 다녀오마!”

토카는 힘차게 고개를 끄덕인 후, 몸에 붙어있던 나뭇가지와 잎을 흩뿌리면서 교실 밖으로 나갔다.

“저, 저기, 토비이치 양?”

마이가 식은땀을 흘리면서 입을 열었다.

“예. 왜 그러죠?”

“왜 토카한테 해주는 조언만 여러모로 좀 그런 거야?”

마이가 그렇게 묻자, 오리가미는 고개를 살짝 갸웃했다.

#2 **지그소** 1966년 영국에서 결성된 팝 그룹. 그들의 대표곡 중 하나가 영화 『스카이 하이』의 주제가인 『Sky high』.

역시 손을 잡는다는 부분이 좀 문제인 걸까…….

"역시 너무 자극적인가요?"

"자극…… 확실히 상상을 초월할 정도로 자극적이기는 해."

"게다가 지금은 11월이니까……."

"이렇게 추운 시기에는 좀 힘들지 않을까 싶은데……."

세 사람이 표정을 굳히며 그렇게 말하자, 오리가미는 고개를 갸웃거렸다. 아무래도 핀트가 어긋난 것 같은 느낌이 들었다.

"예? 추운 시기니까 더 효과가 있지 않을까요?"

오리가미가 그렇게 말하자, 아이, 마이, 미이의 표정이 공포로 물들었다. 오리가미는 세 사람이 뭘 두려워하는 것인지 짐작조차 되지 않았기에 당혹스럽다는 듯이 미간을 살짝 찌푸렸다.

그녀들이 그런 이야기를 나누고 있을 때, 또 문이 열리더니 상담자로 보이는 이가 들어왔다.

"아, 어서 오세—."

그 사실을 눈치채고 입을 연 아이는 말을 끝까지 잇지 못했다.

그도 그럴 것이, 이번에 찾아온 이는 선글라스와 마스크로 얼굴을 가린 탓에 수상쩍기 그지없어 보이는 장발의 남성이었기 때문이다.

키는 180센티미터가 넘을 것 같았다. 라이젠 고등학교의 교복을 입고 있기는 하지만, 치수가 맞지 않았다. 솔직히 말해 고교생으로는 도저히 보이지 않았다.

"으, 으음, 상담을 받으러 오신 분……이시죠?"

"예. SNS를 통해 이 상담실을 알게 되었는데, 가만히 있을 수가 없어서 말이죠."

"이 학교 학생……이시죠?"

"하하하, 당연하지 않습니까. 이 교복을 보세ㅡ."

찌직. 남자가 말을 이으려던 순간, 그가 입고 있던 교복의 어깨 부분이 찢어졌다.

"어이쿠, 실례했습니다. 현재 〈프락시너스〉에 있는 변장용 교복은 이 사이즈뿐ㅡ 이 아니라, 갑자기 성장기가 찾아와서 말이죠."

"변장용?! 방금 변장용이라고 했지?!"

마이가 그렇게 외쳤지만, 남자는 개의치 않으며 오리가미의 맞은편 의자에 앉았다. 그러자 이번에는 바지의 엉덩이 부분에서 찌직 하는 소리가 났다.

"……."

수상하기 그지없었지만, 상담을 받으러 왔다는 사람을 함부로 대할 수는 없었다. 아니, 함부로 대했다가 이 남자가 날뛰기라도 하면 큰일이다. 오리가미는 일단 그의 이야기를 들어보기로 했다.

"으음…… 그럼 우선 이름부터 말씀해 주시겠어요?"

오리가미가 그렇게 묻자, 그는 턱에 손을 댄 채 잠시 생각에 잠겼다.

"흐음…… 글쎄요. 피치 못할 사정이 있어서 본명을 밝힐 수 없으니, 〈옥토버 쿄헤이〉라고 불러주십시오."

"……."

수상쩍기 그지없는 이름이었다.

"그, 그럼…… 〈옥토버 쿄헤이〉 씨는 뭘 상담하시려는 건가요……?"

"그게 말이죠. 실은 사령관님이 요즘 들어 『상』을 주시지 않습니다. 어떻게 하면 좋을까요?"

"사령관님……?"

"예. 참, 사령관님이라고 해도 여자 중학생입니다. 초로의 남성에게 괴롭힘을 당하는 것을 즐기는 특수한 성적 취향을 지니지는 않았으니 안심하시길. 아, 그래도 여장이 잘 어울리는 소년은 웰컴입니다."

"……."

순도 100퍼센트 수상쩍음 덩어리였다.

"그리고, 으음, 『상』……?"

"예. 예전에는 제가 좀 건방진 소리를 하거나 사령관님에게 거슬리는 행동을 취하기만 해도 발로 밟거나, 제 엉덩이를 걷어차거나, 막대사탕의 막대 부분으로 제 눈을 찌르셨죠. 하지만 요즘은 제 언동에 익숙해지셨는지 사령관님의 반응이 좀 둔해진 것 느낌이 듭니다."

"어…… 저기, 신경 쓰이는 부분이 많기는 한데, 애초에 그런 것들이 『상』인 건가요?"

"아, 이거 실례했습니다. 이쪽 유파에서는 뭐라고 부르죠? 『플레저』인가요? 『성자의 선물』인가요? 아니면 『멋진 섬싱』인가요?"

"……"

몽드 셀렉션[#3] 최고 금상 확실 레벨급으로 수상쩍었다.

무슨 소리를 하는 건지 모르겠다는 점도 문제지만, 왠지 서서히 오리가미에게 다가오고 있는 듯한 느낌이 들었다. 이마에 식은땀이 맺힌 오리가미는 메마른 미소를 지으며 입을 열었다.

"그, 그런가요……. 저는 그 사령관님에 대해 잘 모르기 때문에 구체적인 조언을 해드릴 수는 없지만…… 역시 그 사람이 언짢아할 짓을 하는 수밖에 없지 않을까요?"

오리가미가 그렇게 말하자, 남자는 팔짱을 끼며 낮은 신음을 흘렸다.

"역시 왕도적인 방법을 시도해볼 수밖에 없는 걸까요……. 실은 새로운 아이디어가 하나 있는데, 한 번 봐주시지 않겠습니까?"

[#3] 몽드 셀렉션(Monde Selection) 1961년 설립 이후 48년 동안 각 부문에 걸쳐 우수한 제품을 선정하는 세계적인 권위의 식품 품평회.

"예? 아, 예……."

오리가미가 엉겁결에 고개를 끄덕이자, 그는 정중하게 고개를 숙였다.

"감사합니다. —그럼, 시작하죠. 〈옥토버 쿄헤이〉의 사령관님 흉내내기 시리즈!"

그는 그렇게 말하며 교복 호주머니에서 검은색 리본을 꺼내더니, 긴 머리카락을 양쪽으로 나눠묶었다. 그리고 가슴을 펴며 잘난 듯이 다리를 꼬았다. 그 후, 호주머니에서 꺼낸 막대 사탕을 입에 넣더니, 막대 부분을 까딱거리기 시작했다.

"그러니까~ 왜 그딴 것도 못하냔 말이야~. 바보야? 죽고 싶어?"

그리고 그는 새된 목소리로 그런 밉살맞은 소리를 했다.

"……으음."

"어떤가요?! 짜증나지 않나요?!"

애초에 그 『사령관』을 모르기 때문에 비슷한지 아닌지 알 수 없지만, 그가 상대방을 화나게 하고 싶어 한다는 것만은 쉬이 짐작이 되었다. 얼굴이 살짝 질린 오리가미는 머뭇거리면서 말했다.

"그, 글쎄요……. 아마 당사자가 본다면 화가 많이 날 것 같아요……."

"정말인가요?! 그렇다면!"

그는 흥분한 목소리로 그렇게 말하면서 의자에서 벌떡 일어나더니, 오리가미를 향해 자신의 엉덩이를 내밀었다. 찢어진 바지 사이로 하트 무늬 사각팬티가 보였다.

"자, 인정사정없이 때려 주세요!"

"예, 엣?!"

오리가미가 당황하자, 그는 엉덩이를 더욱 내밀었다.

"손으로든, 발로든, 뭣하면 무기를 써도 됩니다!"

"저, 저기…… 그게……."

"자! 빨리요!"

그는 거친 숨을 내쉬며 오리가미를 향해 엉덩이를 더욱 내밀었다.

"—찾았다! 이 교실에 있어!"

그때, 갑자기 복도에서 그런 목소리가 들렸다.

다음 순간, 체격이 좋은 체육 교사 두 명이 교실 안으로 뛰어 들어왔다. 그들을 본 〈옥토버 쿄헤이〉는 「쳇」 하고 혀를 찼다.

"벌써 발각 당하고 말았군요. 미안하지만 당신들은 제 취향이 아닙니다! 미소녀가 된 후에 다시 찾아오세요! B컵 이하라면 더 좋고요!"

"이 수상한 놈! 이상한 소리나 지껄이고 있어!"

"어……? 어어……?!"

오리가미가 영문을 모르겠다는 표정을 짓고 있자, 〈옥토버 쿄헤이〉는 척 하고 손가락 두 개를 세웠다.

"훗, 유감이지만 이쯤에서 끝내야 할 것 같군요. 아디오스 아미고, 씨 유 어게인!"

〈옥토버 쿄헤이〉는 그렇게 말하더니 교실 창문 밖을 향해 멋지게 몸을 날렸다.

다음 순간, 나뭇가지를 가르며 뭔가가 떨어지는 소리와, 「아아아아아아아~!」하고 황홀함으로 가득 찬 외침이 들려왔다.

"마, 말도 안 돼……."

"서둘러! 밑에 있을 거다!"

체육 교사들은 경악에 찬 표정을 지으면서도 남자를 쫓기 위해 교실을 뛰쳐나갔다.

교실에 남아있는 오리가미와 아이, 마이, 미이는 잠시 동안 어안이 벙벙한 표정을 지었다. 그리고 곧 서로를 쳐다보며 메마른 미소를 머금었다.

"바, 방금 그 사람은 대체 뭘까요……."

"그, 글쎄……."

역시 이 학교의 학생은 아니었던 것 같은데…… 그렇다면 대체 뭐하는 사람인 걸까……. 수수께끼는 점점 깊어만 가고 있었다.

하지만 계속 얼이 나가 있을 수는 없을 것 같았다. 잠시 후, 복도 쪽에서 격렬한 발소리가 들렸다. 그리고 차박차박

하고 물에 젖은 소리도 같이 들렸다.

"―뭐가 어떻게 된 것이냐!"

분노에 찬 고함을 지르면서 문을 열어젖힌 사람은 바로 이걸로 오늘 들어 이 교실에 세 번이나 방문한 야토가미 토카였다. 그녀의 머리카락에는 나뭇가지나 잎이 붙어 있지는 않았지만, 그 대신 온몸이 물에 젖어 있었다. 마치 이 추운 날씨에 풀장으로 다이빙이라도 한 것 같았다.

"어, 어떻게 된 거죠?! 물에 빠진 생쥐 꼴이 되었잖아요!"

"네가 이러라고 했지 않느냐!"

"예엣?!"

오리가미는 경악을 금치 못하며 눈을 크게 떴다. 설마 시도의 손을 잡았다가 이렇게 되고 만 것일까? 그럼 토카의 온몸을 적신 저 액체는 대체…….

오리가미가 그런 생각을 하고 있을 때, 토카는 강아지처럼 온몸을 흔들었다. 그러자 주위로 물방울이 잔뜩 튀었다. 오리가미는 「꺄아」 하고 외치며 그 정체불명의 액체를 피했다. 아니, 피할 생각이었다. 하지만 그녀는 무심코 걸음을 내디디며 그 액체를 온몸에 뒤집어썼다. 마치 몸이 자동적으로 움직인 것만 같았다.

"우, 우와……."

"아무튼! 아까 가르쳐준 방법도 실패했다! 시도의 표정이 딱딱하게 굳기 시작했단 말이다!"

"그, 그런가요……. 그럼…….."

오리가미가 말을 이으려고 한 순간, 토카는 그녀의 말을 막듯 손바닥을 앞으로 내밀었다.

"잠깐 기다려라. 이대로는 해결이 안 될 것 같아서 아예 데리고 왔다!"

"예?"

"시도, 들어와라!"

토카가 그렇게 말하자, 이마에 식은땀이 맺힌 이츠카 시도가 우물쭈물하면서 교실 안으로 들어왔다.

"……자, 잠깐 실례할게."

"이, 이츠카 군!"

"안녕, 오리가미— 가 아니라, 토비이치 양."

시도는 가볍게 손을 들어 올리면서 인사를 건넸다. 그런 그를 보기만 했을 뿐인데도 오리가미의 심장은 격렬하게 뛰었다.

"자, 토비이치 오리가미! 이번에는 제대로 된 방법을 가르쳐다오!"

"으, 으음…….."

토카는 날카로운 시선으로 그렇게 말했다. 오리가미는 그녀의 엄청난 기백에 압도당한 것처럼 몸을 뒤로 젖혔다.

시도는 그런 토카의 뒤편에서 난처하다는 듯이 볼을 긁적이고 있었다. 자신을 위해 최선을 다해주는 것은 고맙지만,

토카가 무모한 짓을 하는 것을 원하지 않는다⋯⋯는 듯한 표정이었다.

⋯⋯이렇게 되면 토카에게 조언을 해주는 것보다, 시도와 직접 이야기를 나눠보는 편이 나을지도 모른다.

그렇게 판단한 오리가미는 의자에서 일어서더니, 시도를 향해 걸어갔다.

"⋯⋯저기, 저와 잠시 이야기를 나누지 않겠어요?"

"뭐? 아, 그래."

시도는 오리가미의 말을 듣고 고개를 끄덕였다. 그 모습을 본 오리가미는 토카를 향해 고개를 돌렸다.

"그럼 잠시만 기다려주시겠어요? 금방 돌아올게요."

"음⋯⋯? 그럼 시도는 괜찮아지는 것이냐?"

"예. 틀림없어요."

오리가미가 그렇게 말하자, 토카는 잠시 동안 그녀의 눈을 지그시 응시하더니 곧 고개를 끄덕였다.

"알았다. 토비이치 오리가미, 시도를 잘 부탁한다."

"예. ⋯⋯그럼 이츠카 군. 저를 따라오세요."

오리가미는 시도를 데리고 복도로 나갔다.

⋯⋯시도는 당혹스러워하고 있었다.

이유는 단순했다. 점심시간에 아이, 마이, 미이에게 휘둘린 오리가미가 연애상담실 실장으로 취임하고 말았던 것이다.

아니, 그것만이라면 그나마 괜찮다. 그리고 토카와 옆 반인 야마이 자매가 연애상담실에 흥미를 가진 것도 좋다.

하지만 문제는 그 상담실에 갔다 온 이들의 반응이었다.

토노마치는 뜬금없이 시도를 손가락으로 가리키며 「내 여동생을 건드리지 마!」라고 외쳤고(참고로 토노마치에게는 여동생이 없다. 시도가 알기로는 말이다), 타마 선생님은 콧김을 뿜으면서 「이츠카 군! 4월에 있었던 그 일로 할 이야기가 있어요! 가문을 이어 받아달라느니, 혈서를 쓰자는 소리는 좀 일렀던 것 같아요! 조금씩 서로에게 맞춰가죠!」라고 말하면서 시도를 쫓아왔으며, 유즈루는 카구야를 잡아끌며 시도에게 다가오더니 차마 입에 담지도 못할 음란한 소리를 해댔던 것이다.

가장 심했던 이는 바로 토카였다. 즉석 상담실에서 나오자마자(이미 이 시점에서 교복 상의를 머리에 뒤집어쓰고 있었다) 시도의 앞에서 엄청난 속도로 반복 옆뛰기를 하더니, 그대로 교실 창문을 통해 줄 없는 번지점프를 감행한 것이다.

그리고 순식간에 교실로 돌아와서 시도의 얼굴을 확인하더니, 또 상담실로 뛰어갔다. 그리고 다시 돌아온 그녀는 브리지 자세로 시도의 주위를 빙글빙글 돌더니, 본인도 잘 알지 못하는 듯한 노래를 큰소리로 불러대며 그대로 옥상을 향해 뛰어갔다. 그리고 양손을 활짝 펼친 채 풀장을 향해 다이빙을 한 것이다.

참고로 이곳으로 오는 와중에 몸에 꽉 끼는 교복을 입은 장신의 남성이 교정에서 전력질주를 하고 있는 광경을 목격했다. 시도는 그 남자가 눈에 익었지만, 아무 것도 못 본 걸로 하기로 했다.

아무튼, 비정상적인 사태가 벌어지고 있었다. 시도는 상담실 안에서 법에 저촉되는 약물이 유통되고 있는 것은 아닐까 하는 의심마저 들었다.

"에이……그럴 리가 없어."

시도는 머리카락이 긴 오리가미의 뒤를 따르면서 작게 중얼거렸다.

한순간, 이 오리가미가 원래 세계의 기억을 지니고 있는 것이 아닐까…… 하는 생각이 시도의 머릿속을 스치고 지나갔다.

"……하지만 그럴 리가 없어. 만약 그렇다면……."

"이츠카 군?"

오리가미가 말을 걸자, 시도는 고개를 들었다.

"아, 응……. 무슨 일이야?"

"여기는 어떤가요? 너무 큰 소리만 내지 않는다면 다른 사람에게 들리지 않을 거예요."

오리가미는 빈 교실을 손가락으로 가리켰다. 시도가 괜찮다는 듯이 고개를 끄덕이자, 그녀는 그 교실 안으로 들어갔다.

"저기…… 이상한 일에 말려들게 해서 정말 죄송해요."

오리가미는 그렇게 말하면서 고개를 꾸벅 숙였다가, 교복 상의의 단추를 풀기 시작했다.

"아, 괜찮아. 나는 그냥 지켜보기만 했잖아. 그러는 토비이치 양이야말로 고생이 많네."

"아, 그렇지도 않아요."

오리가미는 쓴웃음을 지으면서 교복 상의의 소매에서 팔을 뺐다.

"그것보다, 야토가미 양 말인데요……."

"아, 맞다. 그 녀석, 대체 왜 저러는 거야?"

시도의 물음에 오리가미는 블라우스의 단추를 풀면서 말을 이었다.

"그게 말이죠, 야토가미 양은 이츠카 군의 기운을 북돋아 주고 싶은 것 같아요……."

"나?"

시도는 그렇게 반문하더니 낮은 신음을 흘렸다.

그러고 보니 시도는 며칠 전부터 특수한 일에 휘말린 탓에 정신이 약간 피폐해져 있었다. 그게 겉으로 드러나지 않도록 조심하고 있었지만, 토카에게는 들킨 것 같았다.

"그랬구나……. 그 녀석, 그래서……."

"저기, 죄송해요. 이런 부탁을 하면 안 된다고 생각하지만…… 야토가미 양 앞에서는 기운이 난 것처럼 행동해주시지 않겠어요?"

오리가미는 블라우스의 단추를 다 푼 후, 치마의 지퍼를 향해 손을 뻗더니 찌이이익— 하는 소리를 내면서 지퍼를 내렸다.

"알았어. 그럼…… 어, 잠깐만?!"

시도는 그제야 경악에 찬 비명을 질렀다.

움직임이 너무 자연스러워서 잠시 동안 개의치 않았지만, 오리가미는 시도에게 말을 건네면서 교복을 벗고 있었던 것이다.

"어……?"

시도가 그 점을 지적하자, 오리가미는 눈을 동그랗게 뜨면서 자신의 몸을 내려다보았다.

"—꺄, 꺄아아아아아앗?"

그리고 찢어지는 듯한 비명을 질렀다. 마치 자신이 옷을 벗고 있었다는 사실을 그제야 눈치챈 것처럼 말이다.

"어, 어째서……! 이츠카 군……?!"

"자, 잠깐만, 나는 아무 짓도 하지 않았다고!"

오리가미는 얼굴을 새빨갛게 붉히더니, 블라우스 사이로 드러난 피부를 감추려는 것처럼 그 자리에서 몸을 웅크렸다. 시도는 눈을 둘 곳이 없어 고개를 돌렸다.

하지만 재난은 그걸로 끝이 아니었다. 오리가미의 비명을 들었는지 교실 밖에서 사람들의 발소리가 들렸던 것이다.

"큰일났네……!"

시도는 허둥지둥 문이 열리는 것을 막으려 했다. 하지만—한 발 늦고 말았다.

"시도, 무슨 일이냐!"

시도가 손을 쓰기 직전에, 토카가 문을 열어젖혔다. 그리고 그 뒤를 이어 토카를 쫓아온 아이, 마이, 미이가 얼굴을 쑥 내밀었다.

"무슨 일이야~?"

"왜 그러는데~?"

"이츠카 군이 또 이상한 짓을 한 건 아니겠지~?"

그리고 교실 안에서 펼쳐지고 있는, 오해 이외의 그 무엇도 낳지 않을 듯한 광경을 본 토카와 3인조는 그대로 딱딱하게 굳어버렸다.

"오, 오해하지 마! 이건—!"

"시도, 무슨 짓을 하고 있는 것이냐!"

"꺄아~! 꺄아아아앗! 동급생이 알고 보니 범죄자였어!"

"방송국 취재에 응하는 연습을 해야겠네에에에엣!"

"이츠카 군이 언젠가 이런 짓을 저지를 거라고 생각했어요!"

시도의 변명은 네 소녀의 외침에 삼켜지고 말았다.

◇

"대, 대체 뭐가 어떻게 된 거지……."

그날 밤. 집으로 돌아온 오리가미는 쿠션을 끌어안고 점심시간에 있었던 일을 떠올렸다.

여러모로 이상한 일이 연달아 벌어지기는 했지만, 가장 충격적이었던 것은 역시 마지막에 빈 교실에서 벌어진 일이리라.

오리가미는 자신이 전혀 자각하지 못한 채 옷을 벗고 있었다. 그때는 무심코 비명을 지르고 말았지만, 시도가 자신의 몸에 손가락 하나 대지 않았다는 것은 오리가미 본인이 가장 잘 알고 있었다. 물론 시도가 시선만으로 사람을 자유자재로 조종하는 최면술사라면 이야기가 달라지지만, 위저드도 아닌 시도가 그런 일을 할 수 있을 리가 없다.

오리가미가 자기 손으로 옷을 벗었던 것이다. 마치 자신의 내면에 존재하는 또 하나의 자신이 몸을 멋대로 조종한 것처럼 말이다.

하지만 어째서일까. 동급생에게 그런 모습을 보여줬는데도, 어찌된 영문인지 전혀 기분이 나쁘지 않았다.

"나, 대체 어떻게 된 걸까……."

오리가미는 하아, 하고 한숨을 내쉬었다.

"설마, 진짜로 이츠카 군을……."

바로 그 순간이었다. 핸드폰에서 메일 착신음이 흘러나오자, 오리가미는 화들짝 놀라면서 그 자리에서 펄쩍 뛰었다.

"꺄아……!"

게다가 핸드폰을 확인해보니, 메일을 보낸 사람은 바로 이츠카 시도였다.

"이, 이츠카 군……?"

메일에는 오늘 있었던 일에 대한 사과, 그리고 내일 데이트를 할 것인지 묻는 내용이 담겨 있었다.

오리가미는 한 방 먹은 듯한 기분이 들었다. 시도는 아무 잘못도 하지 않았다. 그렇기에 오리가미는 내일 데이트를 취소할 생각을 눈곱만큼도 하지 않았다.

"다, 답장을 보내야해……!"

오리가미는 허둥지둥 답장을 작성하기 시작했다.

제목 : 괜찮아요.

본문 : 저는 전혀 신경 쓰지 않으니, 이츠카 군도 신경 쓰지 마세요. 내일 데이트를 기대하고 있을게요. 하지만 당신이 정 신경이 쓰인다면, 행동으로 보여줘. 구체적으로 설명하자면, 시도와 가족이 되고 싶어. 서류는 내가 준비할 테니까, 시도는 도장과—

"뭐, 뭐야?! 손가락이! 손가락이 멋대로……?!"

갑자기 오리가미의 말을 듣지 않게 된 손가락은 약 한 시간 후에야 다시 뜻대로 움직이게 되었다.

　손가락은 한 시간 후에 진정되었지만, 상대방을 지나치게 압박하지 않으면서 냉담함과 기대 사이에 존재하는 실낱같은 틈새를 가르는 듯한 멋진 문장을 생각하는 데 두 시간이나 걸렸다. 결국 오리가미는 세 시간 후에야 시도에게 답장을 보낼 수 있었다.

레이네 홀리데이

HolidayREINE

DATE A LIVE ENCORE 5

어느 날 아침. 무라사메 레이네는 홀로 거리를 걷고 있었다.

긴 머리카락을 대충 묶은 스무 살 정도의 여성인 그녀는 긴 팔다리와 모델도 울고 갈 정도의 몸매를 지녔으며, 얼굴 또한 매우 아름다웠다. 하지만…… 레이네를 본 사람들에게 그녀의 어디에 가장 눈길이 갔는지 묻는다면, 아마 십중팔구는 어디 아픈 건 아닌가 싶을 만큼 새하얀 피부와 눈 밑의 짙은 다크서클이라고 대답하리라.

실제로 큰길을 터벅터벅 걷고 있는 레이네의 모습은 요양소에서 도망친 환자, 혹은 실수로 낮에 깨어난 흡혈귀처럼 보였다.

하지만 그녀가 입고 있는 것은 낡은 환자복이나 검은색 나이트드레스가 아니라, 옅은 색의 카디건과 회색 코트였다. 호주머니에서는 꿰맨 자국이 잔뜩 있는 곰 인형이 고개를 내밀고 있었으며, 그 인형은 레이네가 걸음을 옮길 때마다 손을 흔들어댔다.

오늘 레이네는 〈라타토스크〉해석관으로서의 임무도, 라이젠 고등학교 물리교사로서의 일도 없는 휴일을 맞이했다.

"……자, 어디부터 들를까?"

레이네는 작은 목소리로 혼잣말을 하며 천천히 주위를 둘러보았다.

휴일의 마을은 수많은 소리로 가득 차 있었다. 자동차의 엔진 소리와 경적 소리. 뛰어다니는 어린아이들의 목소리. 그리고 그런 아이들을 꾸짖는 어머니의 목소리. 이른 아침부터 다투고 있는 커플의 고함 소리. 선전용 차량에서는 오늘날의 정치를 비판하는 목소리가 흘러나오고 있었으며, 빌딩에 설치된 커다란 모니터에서는 어떤 나라의 왕녀가 일본을 방문했다는 뉴스가 나오고 있었다.

하지만 그것들은 하나같이 레이네와 상관없는 일이었다. 그녀가 마을에 나온 것은 호화로운 점심을 먹거나 어딘가에 놀러가기 위해서가 아니라, 바닥난 생활필수품을 사기 위해서였다.

"……아, 그러고 보니 샴푸도 다 떨어졌지. 그리고…… 새 칫솔도 사야해."

레이네는 필요한 것을 정리한 후, 살며시 고개를 끄덕이면서 다시 걸음을 옮겼다.

바로 그때였다.

"······저기! 거기 당신! 잠시만 시간을 내주지 않을래~?!"

등 뒤에서 새된 목소리가 들려왔다.

하지만 레이네는 개의치 않으면서 그대로 걸음을 내디뎠다.

"자, 잠깐만! 무시하지 마~!"

레이네가 몇 걸음 더 내디뎠을 즈음, 방금 그 말을 한 사람이 그녀의 앞을 막아섰다. 말투와 목소리와는 동떨어진 이미지를 지닌 거구의 남자였다. 짧게 자른 머리카락과 화려한 색상의 양복, 그리고 허리를 배배 꼬는 듯한 움직임이 인상적이었다.

레이네는 그제야 다른 사람이 자신에게 말을 걸었다는 사실을 깨달았다.

"······응? 나 말이야?"

"그럼 누구한테 말을 걸었겠어~."

남자는 삐친 듯한 말투로 그렇게 말하더니 어깨를 으쓱했다. 체격에 비해 몸짓이 꽤 귀여웠다.

"나한테 무슨 볼일이라도 있어?"

레이네가 고개를 천천히 갸웃거리면서 묻자, 남자는 턱에 손을 댄 채 레이네의 몸을 훑어보기 시작했다.

그리고 수십 초 후―.

"응! 좋아! 정말 좋네!"

그렇게 말하면서 양복의 안쪽 호주머니에서 명함 한 장을 꺼냈다.

명함에는 과장스러운 문구와 함께 『알트 프로덕션 콘고지 카오루』라고 적혀 있었다.

"나는 이런 사람인데…… 당신, 모델 해볼 생각 없어?"

"……뭐?"

레이네는 또 천천히 고개를 갸웃거렸다.

◇

"……어라?"

길을 가던 이츠카 시도는 갑자기 걸음을 멈췄다.

이유는 단순했다. 아는 사람이 보였기 때문이다.

검은색 리본으로 머리카락을 양쪽으로 나눠묶은 조그마한 체구의 소녀는— 시도의 여동생인 이츠카 코토리였다.

코토리가 벽 뒤편에 숨어서 어딘가를 주시하고 있었다. 그 모습은 불륜 조사를 의뢰받은 탐정 혹은 스토커를 연상하게 했다.

"저 녀석, 뭘 하고 있는 거야……."

시도는 영문을 모르겠다는 표정을 지으며 코토리에게 천천히 다가갔다.

"어이, 코토리."

"꺄아앗?!"

시도가 코토리의 어깨에 손을 얹자, 그녀는 화들짝 놀라면서 온몸을 부르르 떨었다.

"아…… 시, 시도! 뭐하는 거야?"

"그건 내가 할 말이야. 너야말로 이런 곳에서 뭘 하는 거야?"

시도가 그렇게 묻자, 코토리는 눈을 치켜뜨더니 허둥지둥 시도를 벽 뒤편으로 잡아당겼다.

"우왓! 코, 코토리, 뭐하는 거야?"

"쉿. 좀 조용히 해."

코토리는 그렇게 말하며 다시 어딘가를 훔쳐보았다.

시도는 미심쩍은 표정을 지으며 코토리의 시선이 향하고 있는 곳을 쳐다보았다.

그러자 아는 여성의 모습이 눈에 들어왔다. 〈라타토스크〉의 해석관이자 코토리의 절친인 무라사메 레이네였다.

"레이네 씨……?"

시도는 그제야 레이네의 맞은편에 한 건장한 남성이 허리를 배배 꼬며 그녀에게 무슨 말을 하고 있는 것을 알아차렸다.

귀를 기울여보니, 잡음과 함께 두 사람의 대화가 희미하게 들렸다.

"……그러니까 나는 모델 같은 것에는 관심이 없는데…….."

"아앙~! 그런 소리 하지 말고~! 실은 오늘 일을 하기로 했던 애가 독감에 걸려서 쓰러진 바람에 촬영에 차질이 생겼어! 부탁이야, 나 좀 살려줘!"

아무래도 그 남자는 레이네를 모델로 스카우트하려는 것 같았다. 시도는 그 말을 듣고 깜짝 놀랐는지 눈을 동그랗게 떴다.

"흐음, 모델 스카우트구나. 레이네 씨, 대단하네. 하긴, 미인이니까 그런 제의를 받을 만도 해."

"······무슨 소리를 하는 거야!"

시도가 그렇게 말하자, 코토리는 짜증 섞인 목소리로 외쳤다.

"왜, 왜 그래?"

"확실히 레이네는 미인인데다 몸매도 좋으니까, 스카우트를 받아도 이상하지 않지만······ 저게 진짜로 스카우트라고 생각해?"

"무, 무슨 소리야?"

시도의 물음에 코토리는 진지한 표정으로 말했다.

"······뻔한 거잖아? 『모델이 되지 않겠습니까』라거나, 『유명인을 만날 수 있어요』 같은 소리로 속인 다음 촬영료나 레슨비를 뜯어내는 사기 수법 말이야."

"아······ 그렇구나."

확실히 그런 사기가 있다는 이야기는 자주 들었다. 게다가 지금 레이네의 눈앞에 있는 스카우트맨으로 보이는 남성은 수상하기 그지없었다.

"그 정도면 차라리 양반이야. 교묘한 말솜씨에 낚여 따라 갔더니, 속옷이나 다름없는 옷을 입고 사진을 찍게 된다거나, 『정말 괜찮네. 좀 벗어보지 않을래?』 같은 소리를 듣거나, 19세 미만 관람 불가인 모자이크 삽입 영상 작품에 출연하게 되기도 한대!"

"지, 진정해, 코토리……!"

시도는 흥분한 코토리를 진정시키려는 것처럼 그녀의 어깨에 손을 얹었다. 코토리는 거친 숨을 내쉬면서 레이네를 쳐다보고 있었다.

"……아무튼, 레이네가 그런 나쁜 사람에게 속지나 않을지 걱정돼. 레이네는 좀 멍한 구석이 있잖아. 그런 사람들에게 있어서 딱 좋은 먹잇감일 거야."

……왠지 말이 좀 심한 것 같지만, 코토리는 그만큼 레이네를 걱정하는 것이리라.

시도와 코토리가 그런 이야기를 나누는 사이, 레이네와 스카우트맨도 계속 이야기를 나누고 있었다.

"진심으로 부탁할게! 응?! 옷 입고 가만히 서있기만 하면 돼!"

레이네는 잠시 동안 생각에 잠긴 후, 어쩔 수 없다는 투로 고개를 끄덕였다.

"……뭐, 그런 거라면……."

이래 봬도 레이네는 사람이 좋고 남의 부탁을 잘 거절하지 못했다. 난처한 상황이라는 말을 들은 바람에 거절하기 힘들어진 것이리라. ……시도는 걱정에 사로잡힌 코토리의 마음이 조금은 이해가 되었다.

"정말?! 고마워! 그럼 가자! 따라와!"

"……응."

레이네는 그렇게 말하더니 스카우트맨을 따라갔다.

"어, 어이, 저 두 사람이 다른 데로 가잖아. 이대로 놔둬도 괜찮은 거야?"

"괜찮을 리가 없잖아! 레이네는 〈라타토스크〉의^{우리 조직} 소중한 해석관이자 내 소중한 친구야. 제대로 된 모델 일인지 내 눈으로 확인하겠어……!"

"하지만 어떻게 확인할 건데? 건물 안으로 들어가면 미행을 할 수 없다고."

시도가 그렇게 말하자, 코토리는 흥 하고 코웃음을 쳤다.

"—나를 뭐로 보고 그런 소리를 하는 거야?"

코토리는 그렇게 말한 후 시도의 손을 잡아끌고 인적 없는 뒷골목으로 들어갔다.

"—이런 짓을 해도 괜찮은 거야?"

몇 분 후. 시도와 코토리는 텐구 시 상공 15,000미터에 떠있는 공중함 〈프락시너스〉 내부에 있는 집무실로 왔다.

코토리는 시도를 데리고 인적 없는 장소로 이동한 후, 전송장치를 이용해 〈프락시너스〉의 내부로 이동한 것이다.

"이미 자율형 카메라를 레이네가 있는 곳으로 보냈어. 이 방법을 쓰면 상대가 어디에 있든 감시할 수 있는데다, 이 최신형 카메라에는 소형 전기충격기도 탑재되어 있으니까 여차할 때는 상대방을 감전시키는 것도 가능해. 뭐, 그만큼 배터리가 빠르게 소모되니까 평소 임무에는 적합하지 않지만 말이야."

"그, 그거 엄청나네……."

시도는 식은땀을 흘리면서 쓴웃음을 지었다. 레이네가 걱정되는 것은 알겠지만, 설마 이런 짓까지 할 줄은 꿈에도 몰랐다.

"자, 그럼 영상을 띄워볼게. 시도는 저쪽에 앉아있어."

코토리는 그렇게 말하더니 책상 위에 있는 단말을 조작했다. 그리고 몇 초 후, 화면에 자율형 카메라에서 전송된 영상이 표시되었다.

―그것은 바로 브래지어와 팬티만 걸친 레이네의 모습이었다.

"쿨럭……?!"

"아닛……!"

갑작스럽게 그런 광경을 보게 된 시도는 사레가 들렸고, 코토리의 얼굴은 경악으로 물들었다.

"이, 이럴 줄 알았어어어엇! 저 변태 자식을 전기충격기로 후유증이 남을 만큼 지져버릴 거야……!!"

"지, 진정해, 코토리! 주위를 잘 봐! 저 방에는 레이네 씨밖에 없고, 옷도 걸려 있잖아?! 여기는 탈의실이라고!"

"앗……!"

코토리는 시도의 말을 듣고 눈을 치켜뜨며 마음을 진정시켰다.

"그, 그래……. 하긴, 모델 일이잖아? 옷 정도는 갈아입을 거야……. 좀 성급했던 것 같네. 레이네를 속일 생각이더라도 그녀의 옷을 너무 일찍 벗긴 것 같다는 생각이 들긴 했어……."

"뭐, 그래. 좀 이르긴 하네……."

시도와 코토리는 힘없이 아하하, 하고 웃었다.

"―잠깐, 뭘 쳐다보고 있는 거야, 시도오오오오!"

"너무해―?!"

코토리가 날린 코크스크류 펀치가 시도의 얼굴에 정통으로 꽂혔다. 시도는 그대로 나가떨어지고 말았다.

"코, 코토리, 뭐하는 거야……."

"시끄러워! 빨리 눈감아!"

코토리는 그렇게 외치면서 양손으로 시도의 눈을 가렸다. 시도는 또 맞을까 싶어서 일단 순순히 눈을 감았다.

그리고 몇 분 후, 코토리가 시도의 눈에서 손을 뗐다.

"……옷, 다 갈아입었어."

"그렇구나……. 윽—."

시도는 눈을 몇 번 깜빡이면서 빛에 적응한 후, 다시 화면을 쳐다보았다.

화면 안의 레이네는 세련된 드레스를 입고 있었다. 평소 군복이나 흰색 가운만 입던 그녀의 평소와 다른 모습에, 시도는 한순간 시선을 빼앗기고 말았다.

레이네는 거울 앞에 서서 자신의 모습을 확인한 후, 탈의실을 나섰다. 그러자 밖에서 기다리고 있었던 듯한 스카우트맨 — 이름은 콘고지 카오루인 것 같았다 — 가『어머나~!』하고 외쳤다.

『역시! 내 눈은 정확하다니깐! 멋져! 정말 끝내줘~, 레이네!』

『……콘고지 씨, 이 액세서리는 이렇게 착용하는 거야?』

『정말~! 성으로 부르지 말라니깐! 카오루라고 불·러·줘~!』

『……카오루.』

그리고 머리손질과 화장을 마친 후(눈의 다크서클은 완전히 숨기지 못했지만), 레이네의 촬영이 시작되었다.

촬영현장에는 콘고지, 아니, 카오루 이외에도 사람들이 몇 명 더 있었다. 카메라맨과 어시스턴트, 스타일리스트와 메이크업 아티스트 같았다. 또한 약간 떨어진 곳에는 핸드폰을 한 손에 든 채 굳은 표정을 짓고 있는 프로듀서로 보이는 남자도 있었다. 자율형 카메라에 탑재된 고감도 마이크로 그의 음성을 들어보니, 아무래도 다른 현장의 스태프가 병에 걸린 바람에 오늘 일을 하지 못하게 된 것 같았다.

『그럼 촬영을 시작해볼까요. 우선 의자에 앉아서 싫증이 난 듯한 분위기를 자아내 주세요~.』

카메라맨이 포즈를 지시한 후, 다양한 각도에서 레이네의 사진을 찍기 시작했다.

현장에는 와인 잔과 찻잔 세트, 그리고 바이올린 같은 우아한 느낌의 아이템이 인테리어를 위해 놓여 있었다. 그런 아이템들을 이용하며 촬영은 계속되었다.

시도는 모니터를 통해 그 광경을 쳐다보면서 안도의 한숨을 내쉬었다.

"아무래도 제대로 된 촬영 같네."

"……응, 그런 것 같아."

코토리도 굳은 표정을 약간 풀면서 고개를 끄덕였다.

"그건 그렇고, 레이네 씨는 대단하네. 모델 같은 건 처음 해볼 텐데, 왠지 전문가 느낌이 물씬 나. 그러고 보니 〈라타토스크〉의 해석관이 물리교사로서 고등학교에 다니는 것 자체도 대단한 거잖아. 아무나 할 수 있는 건 아니지?"

시도가 그렇게 말하자, 코토리는 어깨를 으쓱이면서 웃었다.

"어디서 배운 건지는 모르겠지만, 레이네는 웬만한 건 다 할 줄 알아. 〈프락시너스〉의 조종도 할 줄 알고, 응급처치 같은 건 완벽해. 시도한테만 말해주는 건데, 우리 의무관보다 주사를 잘 놓는다니깐."

"진짜? ……그래도 왠지 납득이 돼."

"그렇지?"

코토리는 씨익 웃었다. 아마 친구가 칭찬을 받아서 기쁜 것이리라.

시도와 코토리가 그런 이야기를 나누는 사이, 카메라맨이 새로운 지시를 내렸다.

『자, 그럼 이번에는 바이올린을 연주해 주세요. 아, 물론 시늉만 해도 되니까…….』

바로 그 순간— 촬영현장의 분위기가 바뀌었다.

이유는 단순했다. 바이올린을 쥔 레이네가 유려한 음악을 연주했기 때문이다.

이 자리에 있는 이들 모두가 꿀 먹은 벙어리가 되었다. 활을 쥔 손의 움직임에서는 망설임을 찾아볼 수가 없었으며, 레이네의 왼손가락은 별개의 생물 같은 움직임을 선보였다. 그 엄청난 기교가 촬영 현장을 잠시 동안 연주회장으로 만들었다.

『……어?』

레이네는 그들의 반응을 보더니 연주를 멈췄다.

『……다른 곡을 연주할까?』

레이네는 그렇게 말하면서 고개를 갸웃거렸다. 시도는 자신의 턱 끝에서 땀 한 방울이 흘러내리는 것을 느꼈다.

"……레이네 씨는 바이올린 연주도 할 줄 아는 거야……?"

"나, 나도 몰랐어⋯⋯. 게다가 파가니니의 『24개의 카프리스』의 제24번은 초보자가 연주할 수 있는 곡이 아냐⋯⋯."

코토리조차도 경악을 금치 못하며 화면 속의 레이네를 응시했다.

그리고 잠시 후, 박수 소리가 들려왔다.

『브, 브라보~!』

촬영을 지켜보고 있던 프로듀서가 흥분한 목소리로 레이네에게 다가갔다.

『멋진 연주였네⋯⋯! 카오루가 스카우트를 해왔다던데, 혹시 유명한 바이올리니스트인가?!』

『⋯⋯아, 평범한 고등학교 교사예요⋯⋯.』

『아하, 음악 선생님이군!』

『⋯⋯아뇨. 물리 선생님이에요.』

레이네가 그렇게 말했지만 그는 개의치 않았다. 그리고 흥분한 목소리로 말을 이었다.

『아무튼 간에! 뛰어난 실력을 지닌 자네에게 부탁하고 싶은 게 있네!』

『⋯⋯부탁, 인가요?』

『그래. 사실 우리 프로덕션은 파티나 각종 이벤트에 연주가를 파견하기도 하는데⋯⋯ 오늘 파견할 예정이었던 바이올리니스트가 쓰러졌다는 연락을 방금 받았다네. 아무래도 독감에 걸린 것 같아. 이대로 가다간 중요한 행사에 차질이 생기고 말 거야!』

『……그런가요. 큰일이군요.』

『그래. 엄청난 큰일이지. 하지만 신은 나를 버리지 않았어! 설마 이런 타이밍에 이렇게 멋진 바이올리니스트와 만나게 될 줄이야! 그야말로 기적이야! 부탁이네! 이 촬영이 끝난 후, 일을 하나 더 맡아주지 않겠나?!』

그는 오페라를 연상케 하는 과장스러운 액션을 취하며 레이네에게 호소했다.

『하지만 저는 프로가…….』

『상관없네! 방금 자네의 연주를 들은 내가 문제없다고 판단했으니까 말이야! 그리고 그렇게 어려운 일은 아니네. 그저 호텔 라운지에서 잠시 동안 연주를 해주기만 하면 돼.』

그는 그렇게 말한 후, 고개를 깊이 숙였다. 카오루와 카메라맨들도 뒤따라 레이네를 향해 고개를 숙였다.

레이네는 잠시 곤란하다는 표정을 지었지만, 몇 초 후 작게 한숨을 내쉬었다.

『……뭐, 그런 거라면…….』

『아! 정말인가?! 고맙네! 정말 고마워! 자, 그럼 준비를 해볼까! 의상은 지금 입고 있는 거면 충분하다네! 카오루, 차량을 수배해주게!』

『예~!』

카오루는 애교 섞인 목소리로 그렇게 대답하고 밖으로 나갔다.

그 광경을 본 시도는 코토리를 쳐다보며 입을 열었다.

"……모델을 하나 싶더니, 이번에는 바이올린 연주를 하게 됐어."

"그, 그런 것 같네……"

두 사람은 동시에 볼을 긁적였다.

"……흠."

30분 후, 레이네는 호텔 라운지를 돌아다니면서 그렇게 중얼거렸다.

아까 들었던 것보다 라운지의 규모가 컸다. 그녀가 현재 있는 곳은 임페리얼 호텔 동(東) 텐구다. 국가적인 귀빈들도 숙박하는 초일류 호텔인 것이다. 지금 이 라운지에 있는 손님들 또한 일본인보다는 외국인이 많을 정도였다.

하지만 이미 이곳에 왔으니 어쩔 수 없다. 빨리 일을 마치고 돌아가기로 마음먹은 레이네는 바이올린 ― 촬영 때 쓴 것이 아니라 연주용 고급 바이올린이다 ― 을 든 후, 라운지의 중앙으로 걸어갔다.

그리고 인사를 한 후, 연주를 시작했다.

하지만 이곳에 있는 이들은 딱히 레이네의 연주를 듣기

위해 모인 사람들이 아니었다. 그들의 주된 목적은 어디까지나 중요한 손님과의 대화 혹은 휴식이다. 레이네가 연주를 시작하려 하는데도 박수는 드문드문 들려올 뿐이었다.

이 자리에서 음악이란 어디까지나 들러리다. 그렇기 때문에 레이네는 차분한 곡조의 무반주 바이올린 소나타를 연주했다.

그녀는 조용하면서도 아름다운 곡을 자아냈다.

그러자 시간이 흐를수록, 라운지에 있는 손님들의 반응이 조금씩 바뀌기 시작했다.

신문이나 책에서 눈을 떼거나, 혹은 대화를 중단한 그들은 레이네의 연주에 귀를 기울였다.

그리고 연주가 끝나자, 아까 전과는 비교도 되지 않을 정도로 큰 박수 소리가 라운지를 가득 채웠다.

"……."

대화를 방해하지 않을 생각이었는데, 다른 이들의 주목을 지나치게 모은 것 같았다.

하지만 이미 끝난 일을 가지고 고민해봤자 아무 소용없다. 일단 이것으로 자신이 맡은 일은 끝났다.

레이네는 다시 한 번 인사를 한 후, 라운지를 나섰다.

"레이네~!"

"수고했네! 정말 끝내줬어!"

그러자 라운지 한편에서 기다리고 있던 카오루와 프로듀

서가 그녀를 맞이했다. 레이네는 천천히 고개를 숙였다.

"……고마워요. 이제 일은 끝난 거죠?"

"그래. 정말 고맙네. 덕분에 살았어. 혹시 우리 프로덕션에 들어오지 않겠나? 모델로도, 미인 바이올린 연주자로도 활약할 수 있을 걸세!"

"……아뇨. 지금 하는 일만으로도 바빠서―."

바로 그때였다.

레이네의 말을 끊듯 한 여자가 박수를 치며 그녀에게 다가왔다.

나이와 키는 레이네와 비슷해보였다. 심플하지만 고급스러운 옷을 입었으며, 어딘가 고귀한 분위기를 지닌 여자였다. 그리고 양복을 입은 남자들이 그녀의 뒤를 따르고 있었다.

"음? 자네는 누구― 아, 아니?!"

느닷없이 나타난 여자를 보고 의아해 하던 프로듀서는 갑자기 경악한 것처럼 눈을 크게 떴다.

하지만 그 여자는 개의치 않으며 미소를 짓더니, 입을 열었다.

【멋진 연주였어. 당신은 어디의 바이올리니스트야?】

그리고 외국어로 그렇게 말했다.

"응? 뭐……?"

카오루는 그 말을 이해하지 못했는지 고개를 갸웃거렸다. 그러자 여자는 자신의 뒤편에 있는 남자의 옆구리를 팔꿈치로 찔렀다.

【뭐하는 거야? 빨리 통역해.】

【아, 예. 잠시만 기다려주십시오…….】

남자는 체격에 걸맞지 않게 기어들어가는 목소리로 그렇게 말하고는 한 걸음 앞으로 나섰다.

"아…… 나, 생각한다, 곧…… 좋다."

그리고 손짓발짓을 섞어가면서 어눌한 일본어로 그렇게 말했다.

아무래도 일본어를 잘하는 편은 아닌 것 같았다. 레이네는 여자를 쳐다보며 입을 열었다.

【……통역 안 해도 돼.】

【아! 오우!】

레이네가 상대방의 언어로 말하자, 여자는 놀란 것처럼 눈을 동그랗게 떴다.

【당신, 정말 대단하네. 영어라면 몰라도, 내 모국어를 할 줄 아는 일본인은 처음 봤어.】

【……일상회화만 얼추 할 줄 알아. 하지만 이게 모국어라는 걸 보면, 당신은 크렐 사람인가 보네.】

크렐 왕국이란 남아시아에 위치한 조그마한 나라다. 모국어는 국가명과 동일한 크렐어(語)이며, 크렐 이외에서는 거의 쓰이지 않는 언어이기 때문에 일본인 중에 이 언어를 익힌 사람은 매우 적었다.

【그래. 실은 전문 통역을 몇 명 뒀지만, 다들 오늘 아침에 독감에 걸려서 말이야. 그나마 일본어를 조금이라도 할 줄 아는 이라고는 이 경호원뿐이야. 여러모로 미안해.】

【……그건 괜찮지만…….】

레이네가 그 여자와 대화를 나누고 있을 때, 카오루가 어깨를 으쓱하면서 끼어들었다.

"정말~ 둘이서 무슨 이야기를 나누는 거야? 따돌리지 말고 이야기―."

"이, 이봐!"

그러자 프로듀서가 입에 거품을 물며 카오루의 목덜미를 잡아당겼다.

"우, 우왓! 프로듀서, 뭐하는 거야?!"

"너야말로 무례한 행동 하지 마! 그리고 텔레비전 좀 보라고! 저 분은― 크렐 왕국 제3왕녀, 엘리야라트 바야나디 님이시다!"

"예, 에엣?!"

카오루는 경악을 금치 못했다. 레이네는 「……아하」 하며 가볍게 손뼉을 쳤다.

【……그러고 보니 왕녀님이 일본에 왔다고 뉴스에 나왔었지. 무례를 범한 것을 사과드립니다.】

레이네가 그렇게 말하자, 왕녀는 아하하 하고 웃음을 터뜨렸다.

【그러지 마. 나, 딱딱한 건 딱 질색이야. —그것보다 당신은 이름이 뭐야?】

【……무라사메 레이네라고 해. 연주는 본업은 아니지만 어쩌다 보니 하게 됐어.】

레이네는 바이올린을 들어 올리면서 그렇게 말했다. 그러자 왕녀는 흥미롭다는 듯이 말을 이었다.

【흐음. 그럼 본업은 뭔데?】

【……고등학교 교사야.】

【그렇구나! 어학 관련이야?】

【……아니, 물리야.】

레이네가 그렇게 말했지만, 왕녀는 개의치 않는 눈치였다.

【흐음. 저기, 레이네. 부탁 하나만 해도 될까?】

【……부탁?】

【응. 오늘 하루만 내 통역 담당이 되어주지 않을래? 아까도 말했다시피 내 통역 담당이 독감에 걸린 바람에 난처하던 참이야.】

【와, 왕녀님?!】

왕녀의 느닷없는 부탁을 듣고 놀란 사람은 레이네가 아니라 왕녀의 경호원들이었다.

【갑자기 무슨 소리를 하시는 겁니까! 방금 처음 만난 인물을 곁에 두시겠다니……!】

【응? 괜찮잖아.】

【전혀 괜찮지 않습니다! 어쩌면 제1왕녀파에서 보낸 스파이일지도…….】

【지나친 생각이야. 그 음습하기 그지없는 여자도 내가 누구에게 말을 걸지 어떻게 알겠어?】

【하지만…….】

【……뭐야. 너희들, 내 뜻을 거역하려는 거야?】

왕녀가 무시무시한 눈초리로 노려보자, 경호원들은 화들짝 놀라면서 뒷걸음질 쳤다.

【―자, 레이네. 내 통역을 담당해줄 거지? 그러는 편이 좋을 거야. 응, 그렇게 하자. 그럼 오케이한 거다~!】

왕녀는 멋대로 그렇게 결론을 내리더니 힘차게 손을 들었다. 레이네는 난처하다는 듯이 낮은 신음을 흘렸다.

【……미안하지만, 나는 쇼핑을…….】

【너무해~.】

레이네가 그렇게 말하자, 왕녀는 갑자기 어리광쟁이 같은 목소리를 냈다.

【괜찮잖아~. 부탁해! 이런 부탁을 할 사람은 당신밖에 없단 말이야~. 딱 하루만! 오늘 하루만 해주면 돼!】

왕녀는 그렇게 말하더니, 크렐 왕국 식으로 예를 표했다. 왕녀가 일반시민에게 애원을 하는 광경은 남들의 시선을 끌기에 충분했다. 그 사실을 증명하듯, 라운지에 있던 손님들은 놀란 눈빛으로 두 사람을 쳐다보고 있었다.

"……으음."

레이네는 잠시 동안 생각에 잠긴 후…….

【……뭐, 그런 거라면…….】

작게 한숨을 내쉬며 그렇게 말했다.

"……저기, 레이네 씨가 통역을 맡기로 했어. 그것도 왕녀님의 통역을 말이야."

"……그런 것 같네."

시도와 코토리는 질린 표정으로 모니터를 쳐다보고 있었다. ……겨우 몇 시간 동안 너무 많은 일들이 벌어진 탓에 상황을 파악할 수가 없었다. 사태가 순식간에 걷잡을 수 없을 만큼 커지고 있었다.

호텔에서 이동한 레이네는 왕녀 일행과 함께 공항으로 가더니, 크렐 왕족 전용으로 보이는 소형 비행기를 타고 하늘로 날아올랐다.

참고로 현재 레이네는 검은색 양복을 깔끔하게 빼입고 있었다. 그런 그녀에게서는 맡은 일을 척척해내는 캐리어 우먼 같은 느낌이 물씬 풍겨 나오고 있었다. 호주머니에서 고개를 쏙 내밀고 있는 곰 인형이 기묘한 분위기를 자아내고 있었다.

레이네는 호텔의 고급 객실을 그대로 옮겨놓은 것 같은 기내에서 옆에 앉아있는 왕녀를 쳐다보며 말했다.

『……엘리야라트 왕녀.』

『응? 아, 그냥 엘리라고 불러줘. 일본인은 그편이 발음하기 쉽잖아?』

왕녀는 가벼운 어조로 그렇게 말하며 웃었다. 시도와 코토리는 크렐어를 이해하지 못하지만, 〈프락시너스〉의 AI가 동시통역을 해주고 있었기에 약간의 시간차를 두며 두 사람의 대화를 파악할 수 있었다.

『……그럼 엘리. 비행기를 타고 어딘가로 간다는 이야기는 못 들었는데 말이야.』

『어머, 레이네는 고소공포증 있어?』

『……그렇지는 않아. 하지만 너무 먼 곳까지 가는 건 곤란해. 지금 어디에 가고 있는 거야?』

『교토야. 국제회관에서 공간진 문제에 관한 의견교환회가 열리거든. 나뿐만 아니라, 아시아에 있는 여러 국가에서 온 대표가 그 행사에 참가할 예정이야.』

『……설마 나보고 그 자리에서 동시통역을 하라는 거야?』

『응. 내가 말 안 했어?』

『……처음 들어.』

레이네는 그렇게 말하더니 한숨을 내쉬었다. 하지만 그녀의 얼굴에서는 초조함 같은 것을 찾아볼 수 없었다.

"……그런데 레이네 씨는 대체 정체가 뭐야? 나는 크렐어 같은 게 있다는 이야기도 들은 적이 없어. 그런 언어를 대체 어디서 배운 건데……?"

"글쎄……. 하지만 평생 써먹을 일이 있을까 말까한 마이너한 언어를 몇 개 정도 할 줄 알긴 해……."

시도의 물음에 코토리는 딱딱한 미소를 지으며 그렇게 말했다. 바로 그때, 화면 속의 엘리 왕녀가 레이네에게 질문을 던졌다.

『저기, 그런데 레이네는 왜 그렇게 졸려 보이는 거야? 다크서클도 엄청 진하네. 그리고 왜 낡은 곰 인형을 가지고 다니는 건데? 나이는 나와 비슷하지? 애인은 있어? 그리고 교토에는 가본 적 있어? 나는 처음 가보는데, 어떤 곳이야? 회의가 끝나고 나면 금각 뭐시기나 은각 뭐시기라는 걸 보고 싶은데, 같이 안 갈래? 그게 이름을 불렀을 때 대답하면 빨려 들어가는 거 맞지?』

『……질문은 하나씩 해줬으면 좋겠어.』

아무래도 엘리 왕녀는 레이네가 매우 마음에 든 것 같았다. 뭐, 그녀에게 있어 같은 또래이자 같은 언어로 이야기를 나눌 수 있는 외국인 친구는 매우 희소한 존재일지도 모른다.

"……뭐, 그래도 이제는 안심해도 될 것 같은데? 왕녀 직속 통역 담당이잖아."

"으, 응. 맞아. 더는 아무 일도 일어나지 않을 것 같으니까……."

코토리가 그렇게 말한 순간이었다.

『꺄, 꺄앗?!』

『……응?』

레이네가 탄 비행기가 갑자기 흔들렸다. 테이블 위에 놓여 있던 잔이 바닥에 떨어지더니 그대로 산산조각 났다.

『왕녀님, 괜찮으십니까!』

『으, 응…… 대체 무슨 일이야?』

왕녀가 그렇게 물은 순간, 기내의 문이 힘차게 열렸다.

『크, 큰일 났습니다! 기장과 부기장이 갑자기 의식을 잃었습니다……!』

『뭐……?!』

『대, 대체 뭐가 어떻게 된 거야?!』

『아, 아무튼 빨리 의무관을 불러!』

『무슨 소리를 하는 거야! 의무관은 독감에 걸려서 도쿄에 두고 왔잖아!』

『맙소사, 하필 이럴 때……!』

『……내가 좀 살펴봐도 될까? 의사 면허는 없지만 말이야.』

『레이네?! 당신, 의술도 익힌 거야?!』

『……뭐, 그런 걸로 해둬.』

레이네는 경호원의 뒤를 따라 조종사실로 걸어갔다.

그 모습을 본 시도와 코토리의 볼에 경련이 일어났다.

"……저기, 코토리."

"……왜? 시도."

"내 인식이 잘못된 게 아니라면…… 무슨 일이 일어난 것 같아."

"신기하네……. 실은 내 눈에도 그렇게 보여."

이마에 땀방울이 맺힌 두 사람은 중얼거리듯 그렇게 말했다.

"……흐음."

조종사실에 들어간 레이네는 조종석에 앉은 채 의식을 잃은 기장과 부기장을 살폈다. 맥을 짚어보고, 안구운동을 확인했으며, 심장 박동도 살폈다.

【레이네, 어때? 알아낸 게 있어?】

【……검사를 해본 게 아니니 단언은 할 수 없지만, 아무래도 단순히 잠이 든 것 같아.】

레이네가 그렇게 말하자, 엘리 왕녀는 미간을 찌푸렸다.

【뭐? 비행 중에 낮잠을 잔다는 거야? 너희 지금 장난치는 거지?!】

엘리 왕녀는 기장의 어깨를 잡고 그의 몸을 흔들어댔다. 그러다가 조종간 같은 것을 건드린 건지 기체가 희미하게 흔들렸다.

【와, 왕녀님, 그만하십시오!】

【이러다 추락할 겁니다!】

경호원들이 입에 거품을 물고 엘리 왕녀를 말렸다. 레이네는 그 광경을 보면서 턱에 손을 댔다.

【……기장과 부기장이 동시에 잠들었다는 건 말이 안 돼. 효과가 늦게 나타나는 약물 같은 것에 당했을 가능성이 커. 비행 중에 비행기가 조종불능 상태가 되게 하기 위해서 말이야.】

【야, 약물?! 서, 설마…….】

【……그래. 혹시 엘리의 목숨을 노리는 사람이 있는 거야?】

레이네가 차분한 목소리로 그렇게 말하자, 다들 일제히 입을 다물었다.

하지만 얼마 지나지 않아 엘리 왕녀가 어깨를 으쓱했다.

【제1왕녀파 녀석들일 거야. 언니는 자기와 동생들의 계승권 서열이 동일하다는 게 불만인지 둘째 언니와 나를 눈엣가시 취급해. 여전히 음습한 짓만 해댄다니깐.】

【왕녀님, 저기…….】

【괜찮아. 이미 익숙하거든. 정말, 그렇게 서열이 중요한 걸까? 이해가 안 되네.】

엘리 왕녀는 고개를 내저으며 한숨을 내쉬었다. 아무래도 왕족에게는 왕족 나름의 문제가 존재하는 것 같았다.

【아무튼 지금은 비행기를 어떻게 할지가 우선이야. 비행은 몰라도 착륙은 조종사 없이 불가능하잖아. 너희 중에 비행기를 조종할 줄 아는 사람은 없어?】

엘리 왕녀는 그렇게 말하면서 경호원들을 둘러보았다. 그러자 경호원들은 일제히 고개를 저었다.

【뭐어?! 한 명도 없는 거야?!】

【그, 그게…….】

【비행기 조종 같은 특수한 기술을 일개 경호원이 익혔을 리가 없지 않습니까…….】

경호원들은 한심한 소리를 했다. 하지만 그들을 탓하는 것도 옳지 않으리라. 바로 그때, 레이네가 한숨을 내쉬며 입을 열었다.

【……어쩔 수 없지. 내가 하겠어.】

【레이네?! 설마 비행기도 몰 줄 알아?】

【……뭐, 잘하는 편은 아니지만 말이야.】

레이네는 고개를 살며시 끄덕인 후, 경호원들에게 도움을 받아 조종석에 앉아있는 기장을 옮겼다.

그리고 빈 기장석에 앉아 주위에 있는 기기를 둘러보았다.

레이네는 비상시를 대비해 〈프락시너스〉의 조종법을 얼추 익혀뒀으며, 소형 비행기 정도는 조종해본 적이 있었다. 하지만 왕족 전용 비행기의 기장석에 앉아보는 것은 처음이었다.

"……아하."

처음 보는 장치가 몇 개 있기는 하지만…… 어떻게든 될 것 같았다.

레이네는 그렇게 판단한 후, 조종간을 움켜잡았다.

【……곧 목적지에 도착할 거야. 만일의 사태가 벌어질 수도 있으니 좌석으로 돌아가서 안전벨트를 매.】

【아, 알았어!】

엘리 왕녀와 경호원들은 레이네의 지시에 따라 좌석으로 돌아갔다.

레이네는 그런 그들을 본 후, 서서히 고도를 낮추며 기체의 랜딩 기어를 꺼냈다.

쿠웅…… 하는 소리가 들린 순간, 몸이 가라앉는 감각이 그녀의 온몸을 덮쳤다.

레이네는 활주로를 달리고 있는 비행기의 브레이크를 작동시켜서 서서히 감속시켰다.

몇 십 초 후, 비행기는 완전히 정지됐다.

그렇게— 왕녀가 탄 비행기는 한 명의 사상자도 내지 않으며 착륙에 성공했다.

【레이네!】

곧 조종사실의 문이 열리더니 엘리 왕녀가 뛰어 들어왔다.

【대단해, 레이네! 당신은 정말 최고야!】

【……왕녀님에게 칭찬을 받다니 정말 영광이야.】

레이네가 그렇게 말하자, 엘리 왕녀는 더욱 흥분한 어조로 말했다.

【당신은 정말 못하는 게 없구나! 왜 학교 선생님 같은 걸하고 있는 거야? 그것보다 언니가 엄청난 짓을 벌였네. 기왕

살아남았으니까, 증거를 모아서 어머님에게 일러야지! 확—】

그 순간, 열띤 목소리로 말을 하던 엘리 왕녀가 갑자기 그 자리에서 풀썩 쓰러졌다.

【……엘리?】

【와, 왕녀님?!】

【괜찮으십니까?!】

경호원들이 헐레벌떡 뛰어왔다. 레이네는 엘리 왕녀를 뉘인 후, 이마에 손을 댔다.

【……열이 높아. 엘리, 이런 몸으로 그렇게 난리를 친 거야?】

【아하하……. 통역관한테서 독감을…… 옮은 것 같아…….】

엘리가 힘없이 웃었다. 레이네는 천천히 고개를 저었다.

【……교토까지 오기는 했지만, 이런 몸 상태로 회의에 참가하는 건 무리야.】

【아, 안 돼. 중요한 회의야. 불참할 수는 없어.】

【하지만…….】

레이네는 난처하다는 듯이 눈썹을 찌푸렸다. 엘리 왕녀는 연설은 고사하고 자리에 앉아있는 것도 힘들 만큼 몸 상태가 나빴던 것이다.

게다가 걱정거리는 그것만이 아니었다. —제1왕녀파도 문제였다.

레이네는 크렐 왕실의 내부사정에 대해 알지 못하지만, 상대는 엘리 왕녀가 탄 비행기를 추락시키려고 한 인물이다.

회의장에서도 수작을 부릴 가능성은 충분히 존재했다.

레이네가 어떤 생각을 하고 있는 것인지 눈치챈 엘리는 힘겨운 목소리로 말했다.

【나는…… 공무를 수행해야만 해. 만약 내가 실수를 저지른다면, 음험한 제1왕녀가 그걸 물고 늘어져서 나를 실각시키려고 할 거야. ……왕위 같은 것에는 딱히 관심이 없지만, 그 여자가 왕이 되게 둘 수는 없어. 그 여자한테는 크렐을 맡길 수 없단 말이야……. 그러니까……!】

엘리 왕녀는 거기까지 말한 후, 갑자기 거친 기침을 토했다. 역시, 공무를 볼 수 있는 몸 상태가 아닌 것 같았다.

"……."

레이네는 잠시 생각에 잠겼다가, 하아 하고 한숨을 토했다.

【……크렐 식 정장은 공적인 자리에서 얼굴을 베일로 가리는 걸 허용하지?】

【뭐……? 그렇긴 한데…… 왜 그런 걸 묻는 거야?】

【……다행히 나와 당신은 몸집이 거의 비슷해. 외모도 흡사한 편이야. 그러니 화장만 신경 써서 하면 멀찍이서는 알아보지 못할 거야.】

【……윽! 레이네?! 그, 그 말은…….】

레이네가 무슨 말을 하는 것인지 눈치챈 엘리 왕녀가 눈을 크게 떴다.

【……응. 내가 당신을 대신해 회의에 참석하겠어. 그러면

아무 문제없지?】

【하, 하지만, 레이네도 알고 있잖아……? 비행기를 추락시키는 것에 실패한 제1왕녀파가 또 손을 쓸 가능성이 있단 말이야……. 나 때문에 레이네가 위험에 처하게 둘 수는 없어……!】

【……그런 거라면 괜찮아. 그리고…… 나도 그 제1왕녀라는 사람이 여왕이 되게 두고 싶지 않거든.】

레이네는 엘리 왕녀를 안심시키려는 것처럼 그녀의 머리에 살며시 손을 얹었다.

◇

"……."

"……."

〈프락시너스〉 내부에 있는 집무실에서 화면을 쳐다보던 시도와 코토리는 두통이 생긴 것처럼 이마를 짚었다.

그럴 만도 했다. 몇 시간 전, 길거리에서 모델 제의를 받았던 레이네가 지금은 한 나라의 왕녀님(대역)이 된 것이다. 두 사람은 이 말도 안 되는 우연을 카메라 너머에서 지켜보고 있었다.

현재 화면에는 교토에 있는 국제회관의 홀이 나오고 있었다. 이미 의견교환회는 시작되었으며, 회의장 안에는 각국의 중요 인사와 기자들이 모여 있었다.

그리고 그들 사이에— 크렐 식 정장을 입은 레이네가 자연스럽게 자리하고 있었다. ……그야말로 말도 안 되는 상황이었다.

그뿐만이 아니었다. 한 참석자의 연설이 끝난 후, 회의장에서는 크렐 왕국 제3왕녀, 엘리야라트 바야나디를 부르는 안내방송이 울려 퍼졌다.

그와 동시에 터져 나온 박수 소리를 들으며 레이네는 단상에 올라갔다. 그리고 유창한 크렐어로 연설을 시작했다.

그녀는 기품 넘치는 공주님 그 자체였다. 적어도 그녀가 가짜라고 생각할 인물은 이 회의장에 한 명도 없는 것 같았다. ……레이네는 그야말로 뭐든 척척 해내는 것 같았다.

하지만 시도와 코토리가 입을 다물고 있는 이유는 따로 있었다.

"……저기, 코토리."

"……왜 그래, 시도."

"레이네 씨가 왕녀로 변장해서 회의에 참석하니까…… 엄청 불길한 예감이 들어……."

"……신기하네. 실은 나도 그래."

두 사람의 볼을 타고 동시에 땀방울이 흘러내렸다. 아까 레이네가 말했던 것처럼, 제1왕녀파가 엘리 왕녀의 목숨을 노릴 가능성은 충분히 존재했다.

"레이네 씨, 괜찮을까……."

"으음…… 일단 우리도 신경을 쓰자."

"그래……. 뭐, 그들도 이렇게 눈에 띄는 장소에서 왕녀를 습격하지는 않겠지……."

"마, 맞아. 게다가 영화 같은 일이 몇 번이나 일어날 리가 없잖아. 애초에—."

코토리가 그렇게 말한 바로 그 순간—.

—타앙!

메마른 소리가 회의장에 울려 퍼졌다.

아무래도 기자석에 있던 남자가 단상에 선 레이네를 향해 총을 쏜 것 같았다.

『우, 우와아아아앗!』

『겨, 경비는 대체 뭘 한 거야?!』

다행히 탄환은 레이네의 옷자락만 스친 후 뒤편의 벽에 꽂혔지만, 갑작스러운 총격 때문에 회의장은 난장판이 되었다.

"이럴 줄 알았어어어어엇!"

"말도 안 돼애애애애앳!"

이츠카 남매는 비명을 지르듯 동시에 그렇게 외쳤다.

기자로 변장해서 이곳에 숨어든 남자가 자신을 향해 총을 쐈다.

그 사실을 인식한 순간, 레이네는 자신이 처한 상황과 주위의 상태를 파악했다.

단상에 있는 자신과 총을 든 남자 사이의 거리는 약 10미터 정도다. 경호원들이 남자를 제압하기 위해 뛰어오고 있지만, 허둥지둥 도망치는 참가자들에게 가로막혀 있었다. 이대로 있다간 저 남자는 또 방아쇠를 당길 것이다.

"……어쩔 수 없지."

레이네는 아무에게도 들리지 않을 만큼 작은 목소리로 그렇게 중얼거린 후, 바닥을 박차며 그 남자를 향해 달렸다.

〈라타토스크〉의 기관원인 레이네는 여차할 때를 대비해 호신술을 익혔다. 게다가 저 남자를 완전히 무력화시키지 못하더라도, 경호원들이 접근할 시간만 벌면 된다고 그녀는 판단했다.

【아닛……?!】

남자는 자신의 타깃이 오히려 접근할 거라고는 생각도 못 했는지 경악에 찬 목소리로 그렇게 외쳤다. ―그것도 크렐어로 말이다.

국제회의가 벌어지고 있는 장소에서 총을 쐈다는 사실만으로는 상대방의 목적을 완벽하게 파악할 수 없었지만, 방금 그 말을 듣고 레이네는 확신했다. 역시 비행기 조종사들에게 약물을 쓴 자들과 같은 파인 게 틀림없었다. 레이네는 자세를 낮추고 남자를 향해 한 걸음 더 내디뎠다.

하지만 상대방 또한 암살자였다. 한순간 놀란 표정을 짓기는 했지만 금세 냉정을 되찾은 그는 레이네를 향해 총을 들고 방아쇠를 당겼다.

【죽어랏!】

"……, ―."

타앙! 하는 소리가 또다시 회의장에 울려 퍼졌다.

하지만 그가 쥔 총은 레이네가 아니라 천장을 향하고 있었다.

【우윽……?!】

남자는 온몸에 경련이 일어나더니, 곧 눈이 뒤집혔다. 레이네는 경호원이 총을 쐈다고 생각했지만― 그렇지 않았다.

그는 마치 **눈에 보이지 않는 누군가가 휘두른 강력한 전기충격기에 맞은 듯한** 반응을 보이고 있었다.

"……."

무슨 일이 일어난 것인지는 모르겠지만, 찬스였다. 레이네는 남자에게 접근하여 그대로 팔을 비틀어 지면에 쓰러뜨렸다.

【레…… 왕녀님! 무사하십니까!】

【……응. 뒷일을 부탁해.】

몇 초 후, 겨우 다가온 경호원에게 남자를 넘긴 후, 레이네는 손을 털었다.

그 순간, 박수갈채와 찢어질 듯한 환성, 그리고 엄청난 숫자의 카메라 플래시가 회의장을 가득 채웠다.

　약 세 시간 후…….

【레이네……!】

　레이네가 병실에 들어서자, 침대에 누워있던 엘리 왕녀가 몸을 일으키며 그녀의 이름을 외쳤다.

　테러리스트의 난입 때문에 회의가 미뤄지게 되었기에, 레이네는 일단 회의장을 빠져나왔다. 그리고 근처 병원으로 옮겨진 엘리 왕녀를 찾아온 것이다.

　……실은 좀 더 일찍 오고 싶었지만, 공주님이 테러리스트를 제압한 센세이셔널한 사건의 주인공으로서 매스컴의 주목을 받게 된 탓에 이렇게 늦어지고 말았다.

　하지만 레이네는 엘리 왕녀가 아니다. 인터뷰를 하다가 그 사실이 들통 날 가능성도 있기 때문에 레이네는 그들을 어떻게든 떨쳐내고 이곳에 온 것이다.

【……몸은 좀 어때?】

【나는 아무렇지도 않아……! 그것보다 레이네! 이야기는 들었어. 당신이 무사해서 정말 다행이야……!】

　엘리 왕녀는 감격에 겨운 목소리로 그렇게 말하며 레이네의 손을 움켜잡았다.

【레이네! 레이네! 당신은 나의 영웅이야. 부탁해, 내 측근

이 되어줘. 보수는 당신이 원하는 대로 주겠어!】

엘리 왕녀는 그렇게 말하며 애원하는 듯한 눈길로 레이네를 응시했다.

하지만 레이네는 고개를 저었다.

【……감사한 이야기지만, 그럴 수는 없어. 나에게는 해야만 하는 일이 있거든.】

레이네가 그렇게 대답하자, 엘리는 땅이 꺼져라 한숨을 내쉬었다.

【그렇구나……. 유감이야. 당신이 그렇게까지 말하는 걸 보면…… 정말 중요한 일일 거야. 하지만 이대로는 내 마음이 풀리지 않아. 답례를 하고 싶어! 저기, 뭐 원하는 건 없어? 호화로운 저택? 땅? 금괴? 섬? 내가 마련할 수 있는 거라면 뭐든 괜찮아! 그러니 부담 가지지 말고 말해봐! 응?!】

엘리는 눈을 반짝이며 레이네에게 그렇게 말했다.

그러자 레이네는 몇 초 동안 생각에 잠긴 후— 입을 열었다.

【……아, 그러고 보니 마침 필요한 게 있었지.】

다음날. 시도와 코토리는 아침 일찍 〈프락시너스〉의 함교로 향했다.

이유는 뻔했다. 바로 레이네의 얼굴을 보기 위해서다.

어제 두 사람은 레이네를 쫓아다니던 자율형 카메라를 교토까지 보냈다. 하지만 테러리스트가 레이네를 향해 총을 든 순간, 카메라에 탑재된 전기 충격기를 사용한 바람에 배터리가 바닥나고 말았다. 그래서 그 후에 레이네가 어떻게 되었는지 알지 못했다.

"……레이네 씨, 왔겠지?"

"다, 당연하잖아. 레이네는 〈라타토스크〉의 해석관이란 말이야."

코토리는 시도의 질문에 그렇게 답했지만, 그녀의 목소리는 희미하게 떨리고 있었다.

하지만 그러는 것도 무리는 아니었다. 레이네는 어제 모델, 바이올리니스트, 통역관, 의무관, 비행기 조종사, 그리고 왕녀 대역까지 했던 것이다. 그 후에 어떻게 되었는지는 모르지만, 엘리 왕녀가 레이네에게 〈라타토스크〉보다 좋은 대우를 약속하며 그녀를 맞이하려 했을 가능성은 충분히 존재했다.

하지만— 코토리의 걱정과는 달리, 레이네는 평소와 다름없는 걸음걸이로 함교에 나타났다.

"……음? 코토리, 오늘은 일찍 왔네. 신까지 같이 온 거야?"

"레이네 씨……!"

"아, 안녕, 레이네."

레이네는 시도와 코토리의 반응을 보더니 영문을 모르겠

다는 것처럼 고개를 갸웃거렸다.

"……왜 그래?"

"아, 아무 것도 아니에요……. 그, 그렇지? 코토리."

"그, 그래. 아무 것도 아냐. ……아! 그것보다 레이네, 어제는 쉬는 날이었잖아? ……어, 어땠어?"

코토리는 애매하기 그지없는 질문을 던졌다.

하지만 시도는 코토리를 탓할 수 없었다. 너무 많은 일들이 일어났기 때문에 구체적인 질문을 던질 수가 없는 것이리라. 시도가 질문을 했어도 마찬가지였을 것이다.

"……어제, 말이야?"

레이네는 턱에 손을 대더니, 생각에 잠긴 것처럼 잠시 동안 낮은 신음을 흘렸다.

그리고—.

"……평소와 다름없었어."

태연한 목소리로 그렇게 말했다.

"뭐—."

"어……?"

레이네의 대답에 시도와 코토리는 눈을 동그랗게 떴다.

레이네의 반응이 너무 자연스러워서— 사실대로 말해봤자 믿어주지 않을 거라고 생각한 것인지, 이야기하는 게 귀찮은 것인지…… 아니면 말 그대로, 『평소』에 항상 저런 일이 일어나고 있는 것인지 분간이 되지 않았던 것이다.

"……응? 두 사람 다 왜 그래?"

레이네는 영문을 모르겠다는 표정을 지으며 고개를 갸웃거렸다.

그 순간, 대충 묶은 그녀의 머리카락에서 평소보다 고급스러운 샴푸 향기가 풍겼다.

백은 아스트레이

AstraySilver

DATE A LIVE ENCORE 5

"……."

심장 소리가 평소보다 크게 들린다.

이츠카 시도는 절망적인 심정에 휩싸여 어떻게든 마음을 진정시키기 위해 손을 가슴에 얹었다.

뼈와 살과 천에 막힌 심장 소리가 몸 밖으로 흘러나올 리 없지만, 시도는 그것이 『포식자들』에게 자신의 위치를 알리는 알람처럼 느껴졌다.

그렇다. 현재 시도는 도망칠 길 없는 우리 안에 갇힌 초식동물이나 다름없었다.

—절대적인 절망. 만약 우리 안에 초식동물만 있다면, 그들은 애완용이나 관상용, 혹은 연구용일 가능성이 있다. 하지만 그 안에 흉포한 육식동물이 함께 들어있다면— 그 초식동물은 다른 명칭으로 불리리라.

즉, 먹잇감— 혹은 고기, 라고 말이다.

"……큭."

그 사실을 자각하는 것과 동시에 등 뒤쪽에서 시선을 느낀 시도는 온몸을 부르르 떨었다.

애초에 이곳은 냉장고 안처럼 기온이 낮았다. 어깨와 손가락 끝도 경련이 일어난 것처럼 떨렸다. 하지만 현재 시도에게 엄습한 떨림은 단순히 추위에서 비롯된 것이 아니었다.

공포. 시도는 그 어떤 생물도 떨쳐낼 수 없는 원시적, 그리고 본능적인 두려움 때문에 이를 딱딱 부딪치며 덜덜 떨고 있었다.

그 순간, 시도의 어깨에 차가운 손이 닿았다.

"……윽!"

시도는 소리 없는 비명을 지르며 몸을 움츠렸다.

하지만 무자비한 포식자들은 그에 개의치 않고 시도에게 다가왔다.

"아…… 아…….."

시도는 기어들어가는 목소리로 신음을 흘리며, 어쩌다 이런 상황에 처하게 된 것인지 떠올렸다.

◇

몇 시간 전의 일이다.

"오오! 정말 엄청나구나!"

차에서 내린 순간, 토카는 깜짝 놀란 목소리로 그렇게 외치며 주위를 둘러보았다.

칠흑빛 머리카락을 휘날리며 수정 같은 눈동자를 동그랗게 뜬 그녀는 흥분한 것처럼 껑충껑충 뛰었다.

하지만 토카가 저런 반응을 보이는 것도 무리는 아니었다. 현재 시도 일행의 주위에는 광활한 은빛 세계가 펼쳐져 있으니 말이다.

시도 일행은 텐구 시에서 차로 다섯 시간 정도 걸리는 장소에 있는 어느 스키장에 왔다.

휴일을 이용해 다 같이 스키를 타러온 것이다.

들과 산에 깔린 아름다운 백은색 융단은 햇빛을 받아 찬란히 빛났다. 마치 영화의 한 장면에 들어온 것 같은 착각마저 느껴지는 몽환적인 광경이었다.

시도조차 그런 느낌을 받았으니, 토카를 비롯한 정령들이 그 경치를 보며 감동하는 것은 어찌 보면 당연했다.

"호오! 아름답기 그지없구나! 크크…… 이 때 묻지 않은 캔버스에 내 발자국을 남겨주겠노라."

"저지. 그렇게는 안 돼요. 에잇."

카구야가 걸음을 내디디려고 한 순간, 유즈루가 재빨리 끼어들었다.

"앗, 유즈루! 뭐하는 거야?!"

"미소. 방심은 금물이에요."

"아앙~ 둘이서 러브러브하다니, 약았어요~! 저희도 끼워 달라고요~!"

"……윽?! 왜, 왜 나까지—."

토카만이 아니라 다른 정령들도 그 순백의 풍경을 보고 흥분하기 시작했다. 미쿠는 방관하고 있던 나츠미를 억지로 잡아끌며 야마이 자매 사이로 끼어들었다.

"정말……."

뒤편에서 그 모습을 보며 고개를 절레절레 내저은 사람은 시도의 여동생인 코토리였다. 그녀는 입에 문 막대사탕을 흔들면서 하아 하고 한숨을 내쉬었다.

"기운이 넘치는 건 좋지만, 너무 들뜨지는 마. 설산은 위험하단 말이야."

"음, 알고 있다! 그것보다 코토리, 정말 엄청나지 않느냐?! 눈이 잔뜩 있다!"

"우왓, 토카까지?! 질까 보냐! 우오오오오오!"

"오오! 대단하구나, 카구야!"

"……진짜로 이해하긴 한 거야?"

코토리는 한숨을 내쉬면서 머리를 긁적였다. 시도는 그 모습을 보고 작게 쓴웃음을 지었다. 그러는 코토리도 마이크 로버스 안에서 포스트잇을 잔뜩 붙인 가이드북을 열심히 읽고 있었던 것이다.

"왜 처다보는 거야?"

"아무것도 아냐. 그것보다, 우리가 오늘 묵기로 한 곳이 저기 맞지? 빨리 짐을 옮겨놓고 스키 탈 준비를 하자. 기왕 여기까지 왔으니까 한 번이라도 더 스키를 타야하지 않겠어?"

시도는 그렇게 말하면서 손가락으로 앞쪽을 가리켰다. 그곳에는 지붕이 눈으로 뒤덮인 운치 있는 산장이 있었다.

"맞는 말이야. 자, 다들 자기 짐을 옮겨~."

코토리는 고개를 끄덕이면서 자신들이 타고 온 버스의 내부를 손가락으로 가리켰다.

평소 같으면 그들은 공중함 〈프락시너스〉로 단숨에 이동했겠지만, 현재 개선 보수 중이기 때문에 〈라타토스크〉 측에서 준비해준 마이크로버스를 타고 이동했다.

하지만 아무도 불만을 표시하지 않았다. 오히려 버스 안에서 흔들리는 여행을 즐기는 것 같았다.

"받아, 시도."

시도가 그런 생각을 하고 있을 때, 등 뒤에서 누군가의 목소리가 들렸다. 고개를 돌려보니 어느새 그곳에는 시도의 보스턴백을 든 소녀가 서 있었다. 어깨까지 기른 머리카락과 인형 같은 외모를 지닌 소녀— 토비이치 오리가미. 시도의 클래스메이트이자, 그가 힘을 봉인한 정령 중 한 명이었다. 아무래도 자신의 짐을 챙기는 김에 시도의 가방도 챙긴 것 같았다.

"아, 고마워. 오리가미."

그렇게 말하며 가방을 받아든 시도는 「어?」 하고 고개를 갸웃거렸다.

"저기, 오리가미. 누가 내 가방을 연 흔적이 있는데……."

"그럴 리가 없어. 내가 그런 흔적을 남길 리가—."

도중에 말을 멈춘 오리가미의 눈썹 끝이 희미하게 떨렸다. 아무래도 시도가 넌지시 떠본 것이라는 사실을 눈치챈 것 같았다. 오리가미가 방금 말한 것처럼 흔적은 없었지만…… 혹시나 싶어서 물어보길 잘했다고 시도는 마음속으로 생각했다.

"……역시 열어봤구나."

"대단해, 시도. 나에 대해 잘 알고 있구나. 기뻐."

"오해 사기 딱 좋은 소리 좀 하지 마……. 하아……."

시도는 그렇게 말하면서 가방 안을 살펴봤다. 하지만 딱히 없어진 물건도, 늘어난 물건도 없는 것 같았다.

"……딱히 이상한 데는 없네."

"당연하잖아. 나는 아무 짓도 안 했어."

"그럼 왜……."

"정보는 힘이야."

"……."

왠지 더 물어보는 것도 무서웠기에, 시도는 아무 말 없이 고개를 돌렸다.

"그, 그럼…… 다들 짐 다 챙겼지?"

시도는 그렇게 말하면서 주위를 둘러보았다. 그러자 커다
란 가방을 든 정령들이 힘차게 고개를 끄덕였다.

이렇게 보니 인원이 꽤 많았다. 시도를 비롯해 토카, 오리
가미, 코토리, 카구야, 유즈루, 미쿠, 나츠미, 그리고—.

"어? 그런데 요시노는 어디 있어?"

일행들의 얼굴을 둘러보던 시도는 고개를 갸웃거렸다. 정
령들 중에서 요시노만 모습이 보이지 않았던 것이다.

"음. 그리고 보니……."

"아까까지는 있었는데 말이죠~."

"대체 어디에…… 어, 어라? 저쪽 좀 봐."

나츠미가 뭔가를 발견한 것처럼 손가락으로 산장 쪽을 가
리켰다. 그곳에는 오른손에 가방, 왼손에 토끼 모양 퍼핏 인
형을 낀 조그마한 체구의 소녀가 볼을 붉힌 채 눈을 반짝이
며 다른 이들을 기다리고 있었다.

"여러분, 서두르세요……!"

『자~, 빨리 와~!』

요시노, 그리고 퍼핏 인형인 『요시농』이 일행을 재촉했다.

그러고 보니 이 스키 여행을 제안했던 사람이 바로 요시
노였다. 일전에 방학을 이용해 다 같이 어딘가에 놀러가자
는 이야기를 했을 때, 평소 의견 같은 것을 거의 내놓지 않
던 요시노가 설산에 가고 싶다고 말했던 것이다.

요시노는 원래 물과 냉기를 조종하는 정령이다. 그렇기에 설산을 보고 남들보다 더 흥분한 걸지도 모른다.

항상 얌전하던 요시노가 평소와 달리 저렇게 들뜬 모습을 보이자, 다들 서로를 쳐다보며 미소를 머금었다.

한 시간 후, 각자의 방에 짐을 옮겨놓고 스키복으로 갈아입은 시도 일행은 리프트를 타고 산 중턱으로 향했다.

그들은 비교적 경사가 심하지 않은 초보자 코스로 향했다. 그곳에는 시도 일행 외에도 스키 경험이 적은 손님들이 드문드문 있었다.

"자…… 그럼 본격적으로 타볼까. 다들 기초 동작은 얼추 익혔지?"

시도는 그렇게 말하면서 스키장의 출발지점에 줄지어 선 정령들을 쳐다보았다. 그러자 그녀들은 고개를 끄덕였다.

시도 일행 중에는 스키를 처음 타보는 이가 많았기 때문에, 이곳에 오기 전에 기본적인 동작을 배웠다.

"음, 문제없다! 그럼 다녀오겠다!"

토카는 힘찬 목소리로 그렇게 말하며 커다란 고글을 쓴 후, 폴로 힘차게 땅을 짚으며 새하얀 경사면에 두 줄기 궤적을 그렸다.

"오오오오오오오오—!"

밝은 목소리로 그렇게 외친 토카의 등이 점점 작아졌다. 그저 일직선으로 미끄러지고 있을 뿐이지만, 초보자답지 않게 움직임이 과감했다.

"하하, 대단하네. 처음 타는 건데 말이야."

"운동신경도 좋은데다, 겁이 없잖아."

시도가 그렇게 말하자, 그의 옆에 서있던 코토리가 입을 열었다. 붉은색 스키복 차림에 검은색 플레이트를 장비한 그녀는 느긋하게 스키장을 둘러보았다. 코토리에게서도 초보자답지 품격이 느껴졌다.

"그건 그래. 토카의 그런 점은 정말 대단하다니깐."

"맞아. 겁먹고 멈춰 서려고 하는 편이 더 위험하잖아. 중요한 건 과감함이야."

코토리는 그렇게 말하며 자신만만한 미소를 지었다.

하지만 그 후로 어느 정도 시간이 흘렀지만, 코토리는 꿈쩍도 하지 않았다.

"……그런데, 코토리는 스키 안 타?"

"……윽!"

시도의 물음에 코토리는 숨을 삼켰다. 왠지 그녀의 볼이 새빨갛게 달아오른 것처럼 보였다.

"타, 탈거야. 하지만 나는 〈라타토스크〉의 사령관으로서 다른 애들을 지켜본 후에……."

"걱정할 필요 없어. 여기는 경사도 완만하잖아."

"하, 하지만……."

"어? 코토리, 너 혹시 스키 탈 줄 모르는 거야? 미안해. 중학교 수학여행 때 스키장에 갔었으니까 당연히 탈 줄 알거라고……."

"……윽! 타, 탈 줄 알거든?! 자, 잘 봐!"

시도의 말을 끊으며 그렇게 외친 코토리는 고글을 쓰고 폴을 움켜잡은 후, 마른 침을 꿀꺽 삼켰다.

그리고 팔에 힘을 주면서 플레이트를 팔(八) 자 모양으로 만들더니, 완만한 경사면을 천천히 — 플레이트를 떼고 걷는 편이 빠르지 않을까 싶은 속도로 — 미끄러져 내려갔다.

"어, 어때?! 나, 잘 타지?!"

"아니, 잘 탄다고 하기엔 좀……."

"달~링~!"

시도가 쓴웃음을 짓고 있을 때, 갑자기 뒤편에서 목소리가 들렸다. 미쿠였다.

"저는 좀 무서워요~. 그러니까 달링이 손짓발짓부터 하나하나 가르쳐…… 어, 우, 우와아앗~!"

플레이트를 장착한 채 다가오던 미쿠가 갑자기 비틀거렸다.

그리고 어찌어찌 균형을 잡기 위해 버둥거리던 그녀는 실수로 근처에 있던 코토리의 등을 밀고 말았다.

"어? 잠깐, 뭐하는— 꺄아아아아아아앗?!"

코토리는 비명만을 남긴 채, 멋진 스피드로 경사면을 내려갔다.

"코, 코토리?!"

"아앗, 코토리 양! 죄송해요~!"

미쿠는 사과했지만, 코토리는 그 말을 듣지 못했다. 토카와 버금가는 속도로 내려가고 있는 코토리의 등이 점점 작아졌다. 그리고 비교적 평평한 곳에 도착하자, 그대로 균형을 잃으며 눈에 뒤덮인 지면을 향해 얼굴부터 처박히고 말았다.

"저 녀석…… 못 타면 못 탄다고 말하란 말이야. ……괜찮은지 보러가야겠네. 나 먼저 내려가도 되지?"

"예. 천천히 내려가면 괜찮을 것 같아요. 달링은 코토리 양한테 가보세요~."

"응. 그럼 무리하지 말고 천천히 내려와."

그렇게 말한 시도는 폴로 몸을 가속시키면서 코토리가 그린 궤적을 따라가듯 경사면을 내려갔다.

시도도 스키를 잘 타는 편은 아니지만, 예전에 수학여행 때 탔던 경험을 몸이 기억하고 있었기 때문에 초보자 코스 정도는 별 무리 없이 내려올 수 있었다. 잠시 후, 시도는 눈으로 범벅이 된 코토리의 곁에 도착했다.

"코토리, 괜찮아?"

"으, 으윽……."

코토리는 비틀거리면서 상체를 일으키더니, 시도가 내민

손을 잡고 겨우겨우 일어섰다. 그녀는 몸에 묻은 눈을 턴 후, 삐친 듯한 표정을 지으며 고개를 돌렸다.

"······흥. 비웃고 싶으면 얼마든지 비웃어. 항상 잘난 척을 하던 사령관이 스키도 탈 줄 모른다니, 웃겨 죽겠지?"

"그런 생각한 적 없어. 누구나 잘하는 것과 못하는 게 있잖아. 그리고 다들 스키는 오늘 처음 타. 그러니까 다른 애들과 같이 스키를 익히면 되잖아."

"시도······."

시도가 그렇게 말하자, 코토리는 그의 이름을 입에 담았다. 그리고 볼을 살짝 붉히며 팔짱을 끼고 다시 입을 열었다.

"맞아. 다들 처음 타니까—."

하지만 코토리가 말을 이으려던 순간, 오리가미가 산악 스키 선수를 연상케 하는 멋진 폼으로 빠르게 경사면을 내려왔다.

쏴악, 하는 소리와 함께 플레이트로 눈 덮인 지면에 포물선을 그리며 멈춰선 오리가미는 고글을 벗으며 휴우 하고 숨을 내쉬었다. 그 모습이 한 폭의 그림 같았다.

"······."

방금까지만 해도 표정이 누그러지던 코토리는 그 광경을 보고 입을 다물었다. 시도는 허둥지둥 그녀를 위로했다.

"오, 오리가미는 원래 육상자위대의 AST 소속이었고, 못하는 스포츠가 없잖아. 스키를 잘 타는 게 당연하다고."

"……그, 그래. 자위대 대원 출신이니까 말이야."

코토리는 자기 자신을 납득시키려는 것처럼 고개를 끄덕였다.

하지만 오리가미의 뒤를 잇듯 스노보드를 탄 야마이 자매가 서로 경쟁하듯 경사면을 타고 내려왔다.

게다가 그냥 내려오기만 하는 게 아니었다. 복잡한 궤적을 그리며 스핀과 드라이브 같은 기술을 화려하게, 게다가 둘이서 좌우대칭으로 선보이며 동시에 골인했다.

"크큭. 유즈루여, 아직 실력이 녹슬지 않은 것 같구나."

"동의. 카구야의 기술 또한 여전히 절묘했어요."

두 사람은 그렇게 말하면서 서로의 주먹을 맞댔다.

"……"

코토리는 그 모습을 보고 또 침묵에 잠겼다.

"코, 코토리? 잘 생각해봐. 카구야와 유즈루는 옛날부터 둘이서 다양한 승부를 해왔잖아. 아마 스노보드 대결 같은 것도 했을 거야."

"……으, 응. 나도 알아. 그래. 저 두 사람이라면 저 정도쯤은 아무 것도 아닐 거야……."

코토리는 볼에 경련이 일어난 상태에서도 어찌어찌 고개를 끄덕였다.

바로 그때, 이번에는 왼손에 고글을 쓴 『요시농』을 낀 요시노가 야마이 자매와 마찬가지로 스노보드를 타고 경사면을 내려왔다.

『요시농』 때문에 한 손을 쓸 수 없는 요시노가 스노보드를 선택한 것은 어찌 보면 당연하지만, 그녀의 평소 인상과 저 와일드한 스타일은 지나칠 정도로 동떨어져 있었다. 그래서 그런지 코토리는 「어……?!」 하고 외치며 숨을 삼켰다.

게다가 요시노는 처음 타보는 스노보드를 멋지게 조종하며 카구야와 유즈루에게 버금가는 기술을 선보이고 있었다. 그렇게 요시노가 다가오자, 토카와 야마이 자매가 박수를 치며 입을 열었다.

"대단하구나, 요시노! 정말 멋졌다!"

"저, 저기…… 으음, 〈빙결괴뢰(氷結傀儡)〉를 조종하는 것과 감각적으로 비슷하거든요……."

『흐흥~, 요시노는 눈과 얼음 위에서라면 무적이야~. 다음에 다 같이 스케이트 타러 갈래~?』

요시노는 멋쩍은 듯이, 그리고 『요시농』은 잘난 척을 하듯이 그렇게 말했다.

"……"

코토리는 비참한 표정을 지으며 입을 다물었다.

"아, 저기, 코토리? 너무 낙심하지 마……."

시도가 코토리를 달래려고 한 순간, 경사면 위쪽에서 비명 소리가 들려왔다.

"꺄앗~! 비켜, 비켜, 비켜어어어어어엇!"

그리고 그 목소리와 함께 눈덩어리가 코토리를 향해 굴러왔다.

"아……."

플레이트를 장착한 코토리는 그 눈덩어리를 피하지 못하고 그대로 거대한 눈덩어리와 충돌해 또 눈 범벅이 되어 쓰러졌다.

그리고 그 충격에 의해 깨진 눈덩어리에서 나츠미가 모습을 드러냈다. 아무래도 경사면 위에서 출발을 하기는 했지만 경사면에서 넘어지며 그대로 눈사람을 만들듯 여기까지 굴러온 것 같았다.

"어, 어이, 괜찮아?!"

시도는 당황한 목소리로 그렇게 외치며 두 사람을 일으켰다.

"으, 으응……."

"아야야야……."

코토리와 나츠미는 방금 부딪힌 이마를 문지르면서 몸을 일으켰다. 그리고 서로 시선이 마주치자, 나츠미는 코토리의 시선을 피하듯 고개를 돌렸다.

"……미, 미안해……."

"……."

나츠미는 가라앉은 목소리로 그렇게 말했다. 하지만 코토리는 언성을 높이지 않았다.

그저, 나츠미를 꼭 끌어안았다.

"어, 어어?!"

나츠미는 코토리가 이럴 거라고는 상상도 못했는지 당황하고 말았다. 하지만 코토리는 개의치 않으면서 나츠미를 더욱 세게 끌어안았다.

"그래. 이게 정상이야. 고마워, 나츠미. 우리 함께 천천히 나아가자⋯⋯."

"어? 뭐⋯⋯ 어?!"

나츠미는 코토리의 말을 이해하지 못했는지 어리둥절해했다.

그리고 이어서 도착한 미쿠가 그런 두 사람을 보더니 「어머~」 하고 눈을 반짝였다.

◇

그 후, 시도 일행은 설산을 마음껏 즐겼다.

초보자들은 경사가 완만한 코스에서 연습을 했고, 오리가미와 야마이 자매 같은 상급자들은 난이도가 높은 코스로 이동했다.

요시노와 토카는 초보자라고는 해도 상급자 코스를 이용해도 될 실력을 지녔지만, 코토리와 나츠미, 미쿠가 걱정되는지 시도와 함께 맨투맨으로 그녀들을 지도했다.

그 덕분인지 세 시간 후에는 다들 어느 정도 스키에 익숙해졌다. ⋯⋯뭐, 토카 코치는 「머리로 생각하지 말고, 몸으로 느껴라」 같은 감각 타입이었기 때문에, 그녀가 담당한 코토리가 꽤 고생하기는 했지만 말이다.

"휴우, 다들 꽤 잘 타네. 이제 좀 더 경사가 급한 코스로 가도 괜찮겠는걸."

"응. 너희 덕분이야. 하지만 거기는 내일 가자. 날씨가 나빠질 것 같거든."

코토리는 그렇게 말하며 고글을 벗고 하늘을 올려다보았다. 확실히 어느새 하늘이 두꺼운 구름에 뒤덮였으며, 바람도 불기 시작했다. 산의 날씨는 쉽게 변한다고 하니, 만약을 대비해 일찍감치 돌아가는 편이 좋으리라. 시도는 고개를 끄덕였다.

"그러는 편이 좋겠어. 어이, 다들. 일단 돌아가자~."

시도의 부름에 주위에 있던 요시노와 나츠미, 토카가 그를 쳐다보았다.

"어라? 미쿠는 어디 간 거야?"

"아…… 방금 한 번 더 타고 오겠다면서 리프트를……."

요시노가 스키장 위쪽을 쳐다보면서 그렇게 말했다. 시도는 그 말을 듣고 볼을 긁적였다.

"그랬구나……. 뭐, 그럼 금방 내려오겠네. 내가 기다릴 테니까 너희는 먼저 돌아가 있어. 다른 애들도 아직 위쪽에 있는 것 같으니까, 그 애들과 합류해서 돌아갈게."

"으음…… 알았어. 아무쪼록 조심해."

"알았어."

시도가 손을 흔들자, 코토리는 다른 소녀들을 데리고 산장 쪽으로 걸어갔다.

"자, 그럼 다른 녀석들은······."

시도는 코토리 일행을 배웅한 후, 스키장을 올려다보았다. 초보자 코스와 상급자 코스는 나무들을 사이에 두고 나란히 있기 때문에 도착지점은 동일했다.

잠시 후, 옆에 있는 상급자 코스에서 오리가미와 야마이 자매가 경쟁하듯 미끄러져 내려왔다. 세 사람 다 멋진 움직임을 선보이고 있었다.

시도를 발견한 세 사람은 그를 향해 몰려왔다.

"시도."

"크큭, 마중 나오느라 수고했다. 우리의 움직임은 잘 봤느냐? 눈의 여신 또한 눈을 떼지 못할 만큼 멋졌을 테지?"

"질문. 다른 이들은 어디 있나요?"

"아, 시간도 꽤 지났고 날씨도 나빠지려는 것 같아서 먼저 돌아갔어. 미쿠가 오면 우리도 산장으로 돌아가자."

시도의 말에 세 사람은 고개를 끄덕였다.

"확실히 구름이 많아졌어."

"흠····· 아, 눈이 내리네."

"경악. 정말이군요. 바람도 거세졌어요. 빨리 돌아가는 편이 좋을지도 모르겠군요."

세 사람이 말한 것처럼, 날씨가 점점 나빠지기 시작했다. 스키장 곳곳에 설치된 스피커에서 위험하니 시설로 돌아가 달라는 안내방송이 흘러나왔다.

"우와, 큰일 났네. 미쿠는 왜 이렇게 안 오…… 어?"

시도가 걱정스러운 눈길로 산을 올려다본 순간, 보라색 스키복이 눈에 들어왔다. 그것은 미쿠가 입고 있던 옷이었다.

시도는 미쿠가 이쪽으로 내려오고 있을 거라고 생각했다. 하지만 그렇지 않았다. 미쿠는 잘 정비된 코스가 아닌 출입 금지 울타리 너머에 있었던 것이다. 게다가 미쿠의 옆에는 무시무시한 급경사가 존재했다. 한 걸음만 잘못 내디뎠다간 그대로 굴러 떨어질지도 모른다.

"저 녀석, 저기서 뭘 하고 있는 거야? 위험하—."

시도는 말을 이으려다 숨을 삼켰다. 시야가 나쁜 탓에 잘 보이지 않지만, 그곳에 있는 이는 미쿠 한 명만이 아니었다. 한 손으로 나무를 붙잡은 미쿠는 다른 한 손을 뻗어 금방이라도 급경사 아래로 굴러 떨어질 것 같은 어린 여자아이의 손을 잡고 있었다.

"앗—!"

"저 녀석, 설마 저 아이를 구하려고……?!"

"무모. 저러다간 미쿠도 떨어지고 말 거에요."

유즈루가 그렇게 말한 순간, 미쿠는 여자아이를 끌어올려 근처에 있는 나무를 잡게 했다. 하지만 그와 동시에 미쿠가 발을 디디고 있던 눈이 무너지더니 그녀는 그대로 나무 사이로 굴러 떨어지고 말았다.

"우왓, 꺄아아아앗?!"

"미, 미쿠?!"

시도가 당황한 목소리로 그렇게 외쳤다. 하지만 미쿠는 그대로 급경사 아래에 있는 숲속으로 사라지고 말았다.

"큭—!"

반사적으로 몸을 날린 시도는 미쿠가 사라진 곳을 향해 스키를 타고 내려갔다.

"시도, 기다려! 위험해!"

"추적. —어쩔 수 없군요. 쫓아가죠. 하지만 전원이 함께 행동하는 건 좋은 판단이 아닐 것 같아요. 카구야는 저 여자애를 구해주세요."

"아, 알았어! 다들 조심해!"

등 뒤에서 그런 목소리가 들려오더니, 오리가미와 유즈루가 시도를 쫓아왔다.

"너, 너희들……!"

"시도 혼자 찾으러 갔다간 2차 조난이 발생할 수도 있어. 나도 같이 갈게."

"동의. 시도는 너무 생각 없이 행동해요. 뭐, 그런 점이 시도의 매력이지만요."

"……둘 다 고마워……!"

시도는 쥐어짜낸 듯한 목소리로 그렇게 말했다. 그리고 출입 금지 울타리를 넘은 후, 나무 사이로 나아갔다.

어느 정도 나아간 그들은 바닥에 엎드린 채 쓰러져 있는 미쿠를 발견했다.

"미쿠! 괜찮아?"

시도가 다가가며 그렇게 묻자, 미쿠는 힘없는 목소리로 말했다.

"아…… 달링……. 그 애는……."

"카구야가 구하러 갔으니까 걱정하지 마."

"그런가요……. 윽—."

말을 이으려던 미쿠가 갑자기 얼굴을 찡그렸다.

"왜, 왜 그래?"

"내가 좀 살펴볼게."

시도가 당황한 목소리로 그렇게 말한 순간, 옆에 있던 오리가미가 앞으로 나서더니 미쿠의 발을 만져봤다.

"뼈에는 이상 없어. 아마 눈과 나무가 쿠션 역할을 한 것 같아. 하지만 혼자서 걷는 건 아마 힘들 거야."

"그렇구나……. 알았어. 오리가미, 유즈루. 나와 미쿠의 스키장비 좀 맡아줄래?"

시도는 그렇게 말하면서 플레이트를 뗀 후, 미쿠에게 등을 보이면서 몸을 웅크렸다.

"미쿠, 업혀."

"아, 달링……."

"뭐야. 이럴 때는 사양하는 거야?"

시도가 쓴웃음을 지으며 그렇게 말하자, 미쿠는 볼을 붉히면서「그럼 실례할게요~」라고 말하며 그의 등에 업혔다.

그 순간, 두꺼운 스키복 너머에 존재하는 미쿠의 풍만한 가슴이 시도의 등을 자극했다. 상황이 긴급한 탓에 미처 거기까지 생각이 미치지 않았던 시도가 무심코「윽」하고 신음을 흘렸다.

"아, 무거운가요~?"

"아…… 그런 건 아닌데……."

"……."

"…………."

시도가 애매한 목소리로 한 말을 듣고 대번에 이유를 눈치챈 오리가미와 유즈루는 도끼눈을 떴다.

"시도, 나도 다리를 삐었어."

"동조. 실은 유즈루도 다쳤어요."

"……알았어. 산장으로 돌아간 후에 봐줄게."

시도는 미쿠를 고쳐 업고 다리에 힘을 주며 몸을 일으켰다. 코스에서 꽤 벗어났기 때문에 현재 위치를 알 수 없지만, 왔던 길을 따라 되돌아가다보면 아까 그 장소로 돌아갈 수 있으리라.

하지만 문제는 날씨였다. 시도 일행이 미쿠를 찾기 위해 경사면을 미끄러져 내려오는 사이, 눈과 바람이 눈보라를 연상케 할 만큼 거세어진 것이다.

"큭…… 앞이 거의 보이지 않네. 이래선……."

"내가 앞장서겠어. 시도는 내 뒤를 따라와. 유즈루는 후방을 맡아."

"라져. 알았어요, 마스터 오리가미."

오리가미와 유즈루는 그렇게 말한 후, 시도와 미쿠를 지키듯 두 사람의 앞뒤에 섰다.

"오, 오리가미, 괜찮겠어?"

"설산 훈련을 받은 적이 있어. 나만 믿어."

그렇게 말한 오리가미는 전방을 쳐다보며 엄지를 치켜들었다. 시도는 쓴웃음을 지으며 「……믿음직하네」라고 중얼거렸다.

"으음…… 시도 일행이 너무 늦는 구나."

먼저 산장으로 돌아온 토카는 점점 날씨가 나빠지는 창밖을 쳐다보며 불안한 표정을 지었다.

그럴 만도 했다. 눈보라가 몰아친다고 해도 과언이 아닐 만큼 날씨가 나빠졌는데도 시도 일행이 돌아오지 않은 것이다.

"뭐, 이 산장은 스키장 근처에 있으니까 아마 괜찮겠지만……."

코토리가 그렇게 말한 순간, 산장의 출입문이 열리는 소리가 들렸다.

"아! 시도, 왔느냐?!"

토카는 눈을 크게 뜨더니 현관을 향해 뛰어갔다. 코토리와 요시노, 나츠미가 그녀의 뒤를 따랐다.

잠시 후, 머리와 어깨에 눈이 쌓인 카구야가 어린 여자아이의 손을 잡고 산장 안으로 들어왔다. 하지만 다른 일행의 모습은 보이지 않았다.

"음…… 카구야? 다른 이들과 같이 오지 않은 것이냐? 그리고 이 여자애는 대체 누구지?"

토카의 물음에 카구야는 비에 젖은 강아지처럼 몸을 흔들어서 눈을 털어낸 후, 당황한 목소리로 외쳤다.

"크, 큰일났어! 미쿠가—."

카구야는 평범한 여자아이 같은 말투로 상황을 간결하게 설명했다.

토카 일행은 그 말을 듣고 눈을 동그랗게 떴다.

"뭐, 뭐라고……! 시도 일행이 설산에……?!"

"하아, 대체 뭘 하는 거야……!"

그녀들은 그렇게 말하면서 카구야와 함께 온 아이를 쳐다보았다.

"너는 일단 이 산장 안에서 기다려줄래? 나중에 부모님에게 연락해줄게."

"아, 예. 저기……."

"응?"

"그 언니를…… 구해주세요. 저, 아직 고맙다는 말도……."

아이는 금방이라도 울음을 터뜨릴 것 같은 표정을 지었다. 코토리는 아이의 머리를 쓰다듬으며「우리만 믿어」라고 말하고는 산장 내부에 있는 난로 쪽으로 아이를 데려갔다.

그리고 굳은 표정으로 돌아와 낮은 목소리로 말했다.

"아무튼, 스키장에 연락하자. 혹시 모르니 〈라타토스크〉 측에도 연락해서 수색대를 파견시킬게."

"하, 하지만 이렇게 날씨가 나쁜데 제대로 수색이 되겠어……? 뭐, 〈라타토스크〉의 수색대라면 어떻게든 되겠지만, 〈프락시너스〉도 지금은 보수 중이잖아? 수색대가 이곳에 오는데 얼마나 걸릴까……?"

코토리의 말을 들은 나츠미가 표정을 굳히며 그렇게 말했다. 그러자 코토리는 미간을 찌푸렸다.

나츠미의 말은 일리가 있었다. 하지만 이러는 사이에도 눈보라는 점점 강해지고 있었다. 이대로 있다간 시도 일행이 얼어 죽을지도 모른다.

"대체 어떻게 하면―."

바로 그때, 지금까지 침묵을 지키고 있던 요시노가 머뭇거리면서 손을 들었다.

"저, 저기…… 코토리 씨."

"응? 요시노, 왜 그래?"

"저기…… 저한테 맡겨주시지 않겠어요?"

"뭐?"

코토리가 고개를 갸웃거리자, 요시노는 카구야의 옆을 지나 눈보라가 몰아치는 산장 밖으로 나갔다. 그러자 차가운 얼음 결정이 그녀의 조그마한 몸을 덮쳤다.

하지만 요시노는 전혀 개의치 않으며 기도하는 자세를 취하더니, 조용히 입술을 움직였다.

"부탁이야……. 시도 씨 일행을 구해야 해…… 도와줘."

다음 순간, 그 말에 호응하듯 요시노의 몸이 옅게 빛나더니— 외투 같은 영장(靈裝)이 그녀의 몸을 감쌌다.

그리고 그 뒤를 이어 요시노의 눈앞에 커다란 토끼 인형이 모습을 드러냈다.

"저건—."

"……〈자드키엘〉?!"

토카와 코토리는 경악했다. 그렇다. 그것은 천사 〈자드키엘〉, 물과 냉기를 조종하는 요시노의 천사였다.

요시노는 살며시 고개를 끄덕이며 〈자드키엘〉에 올라탄 후, 인형의 등에 양손을 집어넣었다.

그 순간, 〈자드키엘〉의 눈에 붉은 빛이 맺히더니, 주위에 냉기로 된 벽이 펼쳐졌다.

마치 〈자드키엘〉을 중심으로 눈에 보이지 않는 공간이 형

성된 것 같았다. 〈자드키엘〉과 함께라면 이 눈보라를 헤치며 나아갈 수 있을 것 같았다.

"요시노!"

"······!"

토카가 이름을 부르자 요시노는 아무 말 없이 고개를 끄덕였다.

"큭······ 역시, 힘드네······."

미쿠를 업은 채 눈보라를 헤치며 나아가던 시도는 살이 에이는 듯한 추위에 무심코 얼굴을 찌푸렸다. 손발의 끝부분에는 이제 감각이 없었다. 이대로 가다간 산장에 도착하기 전에 쓰러질지도 모른다.

"—시도, 저기 봐."

바로 그때, 앞장을 서던 오리가미가 입을 열었다. 시도는 그 말에 반응하듯 고개를 들었고— 다음 순간, 「아」하고 눈을 크게 떴다.

시도 일행의 앞에 조그마한 오두막 같은 것이 보였다.

"살았어."

오리가미는 그렇게 말한 후, 오두막을 향해 걸어갔다. 그리고 태연하게 잠금장치를 박살내더니, 다른 이들을 부르듯 손짓을 했다.

"뭐, 뭐하는 거야……."

"도덕심보다 생명이 소중해."

확실히 오리가미의 말이 옳았다. 시도는 나중에 변상을 하자고 마음속으로 생각하면서 오두막 안으로 들어갔다.

오두막이 눈보라를 막아주자 몸이 꽤나 편해졌다. 시도는 지붕과 천장이 얼마나 소중한 것인지 새삼 느끼며 미쿠를 내려놓은 후, 한숨을 내쉬었다.

하지만 춥다는 사실에는 변함이 없었다. 이대로 있다간 저체온증에 걸릴지도 모른다.

"나, 난방기구 같은 건 없는 거야……?"

"발견. 장작 스토브가 있어요. 하지만 불씨가 없네요."

"불씨……. 라이터 같은 것도 없는데……."

시도가 난처한 표정을 지으며 그렇게 말하는 사이, 오리가미가 한편에 쌓여 있던 장작을 스토브에 집어넣었다. 그리고 호주머니를 뒤지더니 조그마한 펜라이트와 포켓티슈, 그리고 껌 포장용 은박지를 꺼냈다.

"오리가미……?"

"나만 믿어."

오리가미는 짤막하게 대답한 후, 은박지를 잘게 찢더니 펜라이트에서 꺼낸 건전지의 양 끝부분에 그 은박지를 갖다댔다. 그러자 은박지의 한가운데에서 연기가 피어오르기 시작했다.

오리가미는 그 불씨를 티슈에 옮겨 붙이고 장작 스토브 안에 집어넣었다. 곧 안에 있는 장작에 불이 붙더니, 시도 일행의 그림자가 흔들리기 시작했다.

"오오?!"

"감탄. 대단해요, 마스터 오리가미."

"꺄아~! 오리가미 양, 멋져요~!"

다른 이들이 입을 모아 그렇게 말하자, 오리가미는 표정 하나 바꾸지 않은 채 고개를 끄덕이며 말했다.

"기초적인 서바이벌 지식이야."

아무튼, 이제 몸을 녹일 수 있을 것 같았다. 시도 일행은 장작 스토브를 중심으로 모여서 손을 녹였다.

곧 얼어붙은 손이 움직일 수 있게 되자, 시도는 안도의 한숨을 내쉬었다.

"하아…… 고마워, 오리가미, 유즈루. 너희가 없었으면 나와 미쿠는 얼어 죽었을지도 몰라."

"정말 고마워요~. 달링과 함께 천국에 가는 것도 나쁘지는 않지만, 가능하면 침대 위에서 숨을 거두고 싶거든요~."

시도와 미쿠가 그렇게 말하자, 오리가미와 유즈루는 개의치 말라는 듯이 고개를 저었다.

"내일이면 눈도 그칠 거야. 날씨가 좋아질 때까지 여기 있는 편이 좋겠어."

"동의. 그리고 카구야가 다른 이들에게 상황을 알렸을 거예요. 그러니 곧 구조대도 오겠죠."

"응. 그래. 뭐, 하룻밤 정도라면 어떻게든 될 거야."

"그래요~. 우후후, 이런 말을 해도 되는 건지는 모르겠지만 좀 두근거리지 않나요? 만화 같은 것에 자주 나오잖아요~. 눈보라 때문에 오두막에 갇힌 남녀의 이야기……."

바로 그때였다.

뭔가가 생각났는지 말을 멈춘 미쿠의 눈썹 가장자리가 희미하게 떨렸다.

아니, 미쿠만이 아니었다. 오리가미와 유즈루도 표정이 변하더니 서로를 쳐다보기 시작했다.

"지금은 매우 위험한 상황이야. 생존을 위해 최대한 노력해야만 해."

"긍정. 설령 무슨 일이 일어나든 전부 불가항력이에요."

"맞아요~. 살아남기 위해선 어쩔 수 없죠~."

"뭐……?"

영문을 모르겠다는 듯이 세 사람을 쳐다보던 시도는 불현듯 뭔가가 떠오른 표정을 짓더니 호주머니에서 핸드폰을 꺼냈다.

만약 전파가 통한다면 코토리와 연락을 취할 수 있을 것이라 생각한 것이다.

"아, 전파가 약한 것 같지만 그래도 안테나 표시가 떠 있어. 그럼……."

시도는 그렇게 중얼거리면서 주소록에 등록되어 있는 코토리의 전화번호를 찾았다.

"시도! 어디 있는 것이냐!"

"유~즈~루~! 내 목소리 들리면 대답해~!"

코토리 일행은 〈자드키엘〉의 결계로 보호받으며 이미 해가 져서 어두워진 설산 안을 돌아다니며 시도 일행을 찾고 있었다.

하지만 눈보라 때문에 시야가 좋지 않은데다, 목소리도 바람 소리 때문에 먼 곳까지 퍼져 나가지 않았기에 수색은 난항을 겪고 있었다.

"큭…… 역시 찾아내는 게 쉽지는 않을 것 같네."

"포기하면…… 안 돼요. 이번에는 저쪽을 찾아보죠."

"응. 그래. ─어, 어라?"

그때 갑자기 코토리가 호주머니를 뒤졌다. 호주머니 안에 넣어둔 핸드폰이 진동했기 때문이다.

아까 수색대 요청을 한 〈라타토스크〉에서 연락이 온 줄 알았는데─ 그게 아니었다. 핸드폰 화면에는 『오빠』라는 글자가 표시되어 있었다.

"시도?!"

"뭐?!"

"시도 씨……한테서 전화가 왔나요?"

코토리가 그렇게 외치자, 토카 일행도 경악했다. 코토리는 허둥지둥 통화 버튼을 눌렀다.

"시도! 지금 어디 있어?! 다들 무사한 거지?!"

『그래……. 걱정 끼쳐서 미안해. 우리는 무사해. 카구야는 산장에 도착했어?』

"응. 그 여자애도 무사해."

『다행이야……. 우리는 산속을 헤매다가 오두막을 발견했어. 스토브도 있으니까 얼어 죽지는 않을 것 같아. 일단 여기서 눈보라가 그치기를 기다려볼게.』

핸드폰에서 흘러나온 시도의 목소리는 뜻밖에도 밝았다. 코토리는 안도의 한숨을 내쉰 후, 다른 이들을 쳐다보며 말했다.

"무사하대. 지금 다 같이 오두막으로 피신한 것 같아."

"오오, 그러하냐!"

"크큭, 행운의 여신에게 사랑받고 있는 것 같구나."

"다행……이에요."

정령들은 안도의 한숨을 내쉬며 표정을 누그러뜨렸다.

하지만 나츠미만은 여전히 굳은 표정을 짓고 있었다. 뭐, 나츠미는 항상 약간 굳은 표정을 짓고 있지만…… 왠지 평소와 분위기가 좀 달라 보였다. 그런 나츠미를 본 코토리가 의아한 표정을 지으며 고개를 갸웃거렸다.

"……어? 나츠미, 왜 그래?"

"저기…… 지금 시도와 다른 애들이 오두막으로 피난했다고 했지? 그리고 눈보라가 그칠 때까지 거기 있을 거라며?"

"응. 맞아. 그게 왜?"

"……그 말은 오리가미, 유즈루, 미쿠와 함께, 밀실에서 하룻밤을 보낸다는 소리 아냐?"

"앗……?!"

코토리는 그 말을 듣고 온몸을 부르르 떨었다.

나츠미의 말이 옳았다. 현재 시도와 함께 있는 이는 얼티밋 스토커 오리가미와, 그녀를 스승으로 모시는 데몬즈 사이드 유즈루, 그리고 공포의 크레이지 섹슈얼 테러리스트 미쿠인 것이다.

그런 세 사람과 시도가 밀실에서, 그것도 서로의 몸을 맞댈 이유까지 존재하는데다. 흔들다리 효과가 마구 발휘되는 스릴 넘치는 상황에서 하룻밤을 보내는 것이다.

이건 호랑이와 사자와 표범이 있는 우리에 토끼를 집어넣은 것이나 다름없었다. 목숨은 건질 수 있을지 모르지만, 정조는 위험했다. 코토리는 입에 거품을 물면서 핸드폰을 쥔 손에 힘을 줬다.

"시도! 정신 바짝 차려! 마음을 굳게 먹는 거야!"

『뭐? 무슨 소리…… 어, 어라? 어, 어이, 오리가미. 왜 이렇게 들러붙는 거야? 잠깐, 유즈루와 미쿠까지……?!』

"시도?! 시도?!"

『우왓, 잠깐, 기다―.』

그 순간, 전화가 끊겼다.

뚜~, 뚜~ 하는 무자비한 소리가 흘러나오는 핸드폰을 손에 쥔 코토리의 얼굴이 새파랗게 질렸다.

"코, 코토리. 왜 그러는 것이냐. 시도에게 무슨 일이 생겼느냐?"

토카가 불안한 표정을 지으며 물었다. 코토리는 핸드폰을 호주머니에 거칠게 집어넣더니, 얼굴을 치켜들었다.

"이대로 있다간 시도가 위험해! 요시노! 결계를 더 넓게 펼칠 수 없어?! 한시라도 빨리 시도를 찾아내지 않으면 큰일이 날 거야!"

"아, 알았어요. 최선을 다해 볼게요……!"

코토리의 말에 요시노는 허둥지둥 〈자드키엘〉을 조작했다. 그러자 〈자드키엘〉이 얼굴을 치켜들면서 온몸의 털을 곤두세우듯 몸을 떨어대기 시작했다.

바로 그 순간, 주위에서 고오오오오오…… 하고 엄청난 소리가 터져 나왔다.

"어?"

뜻밖의 사태가 벌어지자, 코토리는 눈을 동그랗게 떴다.

"어, 어이, 너희들, 대체―."

어이없다는 듯이 세 사람을 쳐다본 시도는 다음 순간, 숨을 삼켰다.

이 오두막에는 시도, 오리가미, 유즈루, 미쿠, 이렇게 네 사람밖에 없었다. 그리고 날씨가 좋아지지 않는다면 이대로 넷이서 하룻밤을 보내야만 할지도 모르는 것이다.

그렇다. 정령들 중에서도 슈퍼 행동파인, 이 육식계 3인조와 함께 말이다.

"""…………."""

세 『포식자』가 천천히 시도를 쳐다보았다.

시도는 자신의 등골을 타고 차가운 땀이 흘러내리는 것을 느꼈다.

"―시도. 춥지 않아? 타인의 온기가 필요해? 몇 평방 센티미터 필요해?"

"……괘, 괜찮아. 오리가미가 불을 피워준 덕분에 따뜻하거든……."

"제안. 시도, 젖은 옷을 입고 있다간 감기에 걸릴지도 몰라요. 이참에 전부 벗어서 말려야하지 않을까요?"

"아, 아냐. 스키복은 방수니까, 그럴 필요 없……."

"달링~. 하루 종일 스키 타느라 피곤하죠~? 제가 불침번을 설 테니까 잠시 눈 좀 붙이는 게 어때요~?"

"미, 미쿠야말로 졸리지 않아? 내가 불침번을 설 테니까 미쿠야말로 한숨 자."

오른쪽에서 오리가미가, 왼쪽에서 유즈루가, 그리고 등 뒤에서 미쿠가 속삭이는 듯한 목소리로 그렇게 말했다.

솔직히 말해 불을 피우기는 했지만 아직 추웠고, 눈과 땀에 젖은 옷도 말리고 싶었으며, 드러누우면 몇 초 안에 잠들어버릴 만큼 피곤했다. 하지만 그녀들이 시키는 대로 했다간 긴급피난이라는 대의명분을 얻은 그녀들이 어떤 짓을 벌일지 짐작조차 되지 않았다.

게다가 골치 아픈 점은 아까까지 생명의 위기를 겪다 살아난 탓에 종족 보존 본능이 눈을 떴는지, 평소보다 심장이 더 격렬하게 뛰고 있었다. 게다가 체온 저하와 졸음 때문에 판단력이 나빠진 탓에 그냥 확 그녀들에게 자신의 몸을 맡기고 싶다는 생각마저 들었다.

"……아, 안 돼……"

의식이 멀어져가던 시도는 고개를 내저으며 마음을 굳게 먹었다.

하지만 시도의 필사적인 저항을 비웃듯이, 오리가미가 그의 손을 잡았다.

"역시 손이 차가워. 따뜻하게 해줘야할 것 같아."

"으, 응. 맞아. 스토브의 열기로 덥히면 될 거야."

"그래서는 한참 걸릴 거야. 나한테 맡겨."

그렇게 말한 오리가미는 시도의 손을 잡은 채 천천히 스키복의 지퍼를 내리기 시작했다. 그리고 시도의 손을 자신의 옷 안에 집어넣으려 했다.

"대, 대체 어디로 내 손을 덥히려는 거야?"

"차가워진 손을 가장 효과적으로 덥힐 수 있는 곳은 바로 겨드랑이야."

"하, 하지만······!"

시도는 얼굴을 새빨갛게 붉히며 고함을 질렀다.

바로 그때, 유즈루가 뭔가가 생각난 것처럼 호주머니를 뒤졌다. 그리고 포장된 알사탕을 꺼내며 시도에게 말을 걸었다.

"질문. 시도, 배고프지 않나요?"

"응? 뭐, 좀 고프긴 한데······."

시도가 그렇게 대답하자, 유즈루는 천천히 고개를 끄덕이면서 알사탕을 자신의 입안에 넣었다. 그리고 잠시 사탕을 입안에서 굴린 후, 천천히 입술을 벌렸다.

"양도. 사양하지 말고 드세요."

그렇게 말한 유즈루는 키스를 하듯 눈을 감았다. 그 요염한 모습을 본 시도는 무심코 땀을 흘렸다.

"저, 저기······. 배, 배 안 고파! 하나도 안 고프다고!"

시도가 그렇게 외친 순간, 이번에는 그의 등 뒤에서 상냥한 자장가가 들려왔다.

"자장~ 자장~ 우리~ 아기~, 잘도 잔다~♪"

"······."

그 부드러운 선율을 듣자, 시도는 눈꺼풀이 점점 무거워졌다.

하지만 뒤이어 「우후후~. 잘 자요, 달링~」이라는 말을 들은 순간, 시도는 눈을 번쩍 떴다.

"……헉! 미, 미쿠! 방금 그건 반칙 아냐?!"

"예~? 뭐가 말이에요~? 여러분은 걱정 말고 한숨 주무세요~. 제가 두 눈 크~게 뜨고 불침번을 설게요~."

미쿠는 그렇게 말하며 미소 지었다. 그 순간, 시도의 얼굴은 전율로 가득 찼다.

아무튼, 잠들 수는 없다. 이 세 사람 앞에서 무방비한 상태가 되는 것은 위험하기 그지없는 짓이다.

"……아! 저건……."

오리가미가 뭔가를 발견했는지 오두막 구석으로 걸어가더니, 무언가를 들고 왔다.

"시도, 모포가 있어. 딱 한 장이지만 말이야."

""……!""

오리가미가 그렇게 말한 순간, 유즈루와 미쿠가 움찔했다.

세 사람은 눈빛을 교환하더니, 시도를 향해 서서히 다가왔다.

"이걸로 몸을 따뜻하게 하자."

"동의. 하늘의 은총을 감사히 받도록 하죠."

"하지만 모포가 한 장 뿐이네요~. 누구는 모포를 덮고,

누구는 덮지 않는다면 불공평하겠죠~?"

"몸을 최대한 밀착시키면 넷이서 덮을 수 있을 거야."

"제안. 그럼 조금이라도 더 공간을 만들기 위해 옷을 벗죠."

"꺄아~! 유즈루 양, 나이스 아이디어예요~!"

상의를 끝낸 세 사람은 동시에 시도를 쳐다보았다. 그러자 시도는 어깨를 부르르 떨었다.

"너, 너희 셋이서 덮어. 나는 스토브만으로도 충분―."

시도가 그렇게 말을 이으려던 순간, 오리가미가 오두막 밖으로 나갔다. 그리고 양손 가득 눈을 들고 오더니, 스토브 안에 집어넣었다.

"으윽?!"

곧 슈우우우…… 하는 소리를 내면서 스토브 안의 불이 꺼졌다. 시도는 그 광경을 보고 눈을 크게 떴다.

"오, 오리가미, 뭐하는 거야?! 이러면 아침까지 버티지 못할 거라고!"

"저체온 증상 때문에 판단력이 저하됐어. 오리가미 미스테이크."

"두뇌 회전이 무지막지하게 잘 되고 있는 것 같은데?!"

"걱정하지 마. 건전지도, 은박지도 남아있어. 젖은 장작을 꺼내고 다시 불을 피우면 돼."

"……그, 그렇구나. 그럼 빨리……."

"하지만 그러기 위해서는 스토브 안을 건조시킬 시간이 필요해. 그동안 어떻게든 체온을 유지해야만 해."

오리가미는 그렇게 말하면서 모포를 들더니 활짝 펼쳤다.

그리고 그에 맞춰 유즈루와 미쿠가 오리가미의 양옆으로 이동했다.

세 사람은 모포를 어깨에 걸치더니, 스키복의 지퍼를 내려 새하얀 가슴 언저리를 드러내며 시도를 향해 손짓을 했다.

"자, 시도."

"유인. 시도, 이쪽으로 오세요."

"달링~, 여기는 따뜻해요~."

오리가미, 유즈루, 미쿠가 상냥한 목소리로 그렇게 말했다.

스토브 안의 불이 꺼져서 온도가 순식간에 내려간 오두막 안에 울려 퍼진 그 목소리는 듣는 이가 거부하지 못하게 만드는 마력을 머금고 있었다.

"아…… 아아……."

조금 전까지 온기를 맛본 시도는 낮은 신음을 흘리며, 후들거리는 걸음걸이로 불길에 뛰어드는 나방처럼 세 소녀에게 다가갔다.

하지만 바로 그때―.

고오오오오오…… 하는 땅울림 같은 소리가 갑자기 주위에 울려 퍼지더니, 오두막이 삐걱거리기 시작했다.

"뭐, 뭐야……?!"

갑작스러운 사태에 흐릿해졌던 시도의 의식이 다시 깨어났다. 그리고 그에 맞춰 엄청난 소리와 함께 오두막의 지붕이 떨어져나갔다.

"아니?!"

시도는 무심코 눈을 치켜떴다. 그럴 만도 했다. 가옥에 비해 구조가 간단하다고 해도, 오두막의 지붕이 그렇게 간단히 부서질 리가 없었다. 엄청난 태풍이라도 불지 않는 한 말이다.

하지만 불가사의하게도, 휑히 뚫린 천장을 통해 눈보라가 들어오지는 않았다.

그 대신— 기묘한 무언가가 보였다.

"저건…… 눈사람……?"

시도는 멍한 목소리로 그렇게 중얼거렸다. 그렇다. 토끼 귀 같은 것이 달린 눈사람이 오두막 밖에 서 있었던 것이다.

시도가 방금 한 말의 끝에 물음표가 붙은 것도 어찌 보면 당연했다. 그 눈사람은 키가 10미터는 될 것 같을 정도로 거대했으니 말이다.

"대체, 저건…….'

"시도—!"

시도가 어안이 벙벙한 표정을 짓고 있을 때, 귀에 익은 목소리가 들려왔다.

고개를 돌려보니, 그 눈사람 앞에는 토카와 코토리를 비

롯한 정령들이 서 있었다. 그리고 뒤편에는 〈자드키엘〉을 현현시킨 요시노가 있었으며, 그녀들을 중심으로 냉기가 소용돌이치고 있었다.

시도는 그제야 지금 눈앞에서 벌어진 현상을 이해했다.

요시노의 〈자드키엘〉이 근처 일대의 눈보라를 빨아들여서 거대한 눈사람을 만들어낸 것이다. 그 사실을 증명하듯, 수백 미터 이상 떨어진 곳에서는 아직도 눈보라가 불고 있었다.

아무래도 그녀들은 시도 일행을 구하러 온 것 같았다. 방금까지 위기일발의 상황에 처해 있었던 시도는 하아 하고 안도의 한숨을 내쉬었다.

하지만…….

"앗—! 시도, 너 대체 무슨 짓을 한 거야?!"

시도의 앞에 있는 세 소녀의 모습을 본 코토리가 새된 목소리로 그렇게 외쳤다.

"유즈루?! 오리가미와 미쿠까지…… 왜 그런 꼴을 하고 있는 건데?!"

"……우와, 이렇게 왕도적인 상황에 처하다니……. 역시 리얼충은 대단하네."

"맙소사…… 시도 씨……."

"다, 다들 오해하지 마! 이건 긴급피난이랄까, 피치 못할 사정이—"

시도는 변명을 하려고 했다. 하지만 코토리는 그가 말을 끝까지 잇기도 전에 엄지로 지면을 가리키며 입을 열었다.

"······요시농. 시도의 머리를 조금만 식혀줄래?"

『오케이~.』

"잠깐—."

〈자드키엘〉에서 억눌린 목소리가 들려온 순간, 하늘에서 시도를 향해 눈이 쏟아졌다.

백은 머더러

MurdererSilver

DATE A LIVE ENCORE 5

"파······ 파······ 파······."

목욕수건 하나만 몸에 걸친 미쿠가 눈앞에 펼쳐진 광경을
보면서 손을 부들부들 떨었다.

"파아아라다아아이스?"

그리고 큰 목소리로 그렇게 외치며 목욕수건을 벗어던지
고는 그대로 『그곳』에 뛰어들었다.

—실오라기 하나 걸치지 않은 정령들이 모여 있는 대형
욕실에 말이다.

"헤이, 시스터~! 오늘 밤에는 끝내주는 멤버를 소개하겠
어요~! 우선 유즈루 양! 아앙, 끝내주게 풍만한 가슴! 이 탄
력! 볼륨! 형태! 그야말로 세계적인 보물이라고 해도 과언이
아니에요~! 저를 유혹하는 깊디깊은 업(業)을 지닌 계곡!
계곡의 업?!"
                              카르마

"경악. 갑자기 무슨 소리를 하는 거죠?"

"다음은 옆에 있는 최강 프린세스 토카 양! 꺄아~! 역시 토카 양의 몸매는 완벽해요오오오~! 이대로 미술관에 전시해도 될 것 같아요~! 예술적인 아름다움과 소녀의 귀여움을 겸비한 하이브리드으으으!"

"윽! 미, 미쿠, 왜 그러는 것이냐?"

"자, 다음은 유즈루 양과 쌍벽을 이루는 카구야 양이에요오오오! 카구야 양의 매력은 뭐니 뭐니 해도 밸런스! 한손에 쏙 들어올 것 같은 가슴! 잘록한 허리! 탐스럽고 귀여운 엉덩이! 그야말로 황금 비율! 골든 카구야!"

"그거, 칭찬이야?!"

"그리고 다음은 정령계가 자랑하는 미스 슬렌더 토비이치 오리가미 야아아앙! 자위대 출신다운 탄탄한 근육과 소녀 특유의 요염한 신체가 자아내는 갭이 출혈과다를 유발해요! 위생병! 위생병! 이자요이 미쿠 순직! 2계급 특진입니다!"

"……."

"다음은 우리의 마스코트, 요시노 야아아앙! 작지만 부드러워 보이는 탱글탱글 바디에 저는 이미 홀딱 반했어요~! 성장성은 넘버원! S급! 아앗! 성장일기를 매일 같이 쓰고 싶다니까요오오오!"

"저, 저기……."

"그리고 드디어 이분의 차례가 왔습니다! 깜찍한 사령관,

이츠카·있는 듯 없는 듯·코토리! 한창 사춘기인 소녀의 매끈매끈한 피부는 정말 눈부셔요! 요시노 양과 또 다른 매력을 지닌 탱글탱글 바디에서 눈을 뗄 수가 없네요오오오!"

"텐션이 하늘을 꿰뚫을 것 같네……."

"그리고 마지막을 장식하는 이는 바로 나츠미 양이에요오오오! 꼭 끌어안으면 그대로 부러질 것 같은 가녀린 매력이 정말 끝내줘요오오오! 아앙, 희미하게 드러난 저 갈비뼈를 혀로 날름날름 하나씩 핥고 싶어요……!"

"기분 나빠……. 그리고 어떤 순서로 언급하고 있는 거야? 응? 어떤 순서냐 말이야?"

"하앙~."

소녀들의 주위를 돌아다니며 그렇게 떠들어댄 미쿠는 만족스러운 미소를 지으며 온수에 몸을 담갔다. 정령들이 있는 욕조의 한가운데에 자리한 그녀는 주위를 둘러보듯 빙글빙글 돌며 헤벌쭉 웃었다. 정말 행복해 보였다.

주위에 있는 소녀들은 그 모습을 보며 한숨을 내쉬었다.

현재 정령들이 있는 곳은 그녀들이 사는 정령 맨션이 아니라, 어느 설산에 있는 산장의 대(大)욕실이었다. 산장 근처에 노천탕도 있지만, 눈보라가 불고 있기에 그녀들은 실내 욕실을 이용하고 있었다.

"그건 그렇고…… 미쿠는 기운이 넘치네. 어제 조난당할 뻔 했었는데도 말이야."

코토리는 눈을 게슴츠레하게 뜨며 그렇게 말했다. 미쿠는 어제 스키를 타다가 절벽에서 떨어질 뻔한 여자아이를 구하고 조난을 당할 뻔 했었던 것이다.

다행히 다른 이들이 도와준 덕분에 크게 다치지는 않았지만, 그래도 다리를 삐고 말았다.

"아앙~, 그런 건 여러분에게서 흘러나오는 치유 아우라 앞에서는 생채기나 다름없어요~."

미쿠는 그렇게 말하면서 손을 흔들었다.

"진짜로 그런 것 같네. 왠지 목욕을 하기 전보다 피부가 더 매끈해진 것 같아."

"아~, 눈치챘나요~?"

미쿠는 그렇게 말하면서 자신의 볼을 매만졌다. 코토리는 그 모습을 보면서 어깨를 으쓱했다.

"으음……."

어느 정도 시간이 지났을 즈음, 토카가 약간 어질어질한 듯한 표정을 지으며 몸을 일으켰다.

"너무 오래 몸을 담그고 있었는지 좀 어지럽구나."

"어, 괜찮아?"

"음…… 괜찮다. 나는 먼저 나가겠다."

"예~. 먼저 침대에 가서 기다려 주세요~."

미쿠는 손을 흔들면서 그렇게 말했다. 그러자 일부 정령들은 쓴웃음을 지었고, 일부 정령들은 영문을 모르겠다는 듯이 고개를 갸웃거렸다.

그리고 그로부터 십여 분 후, 욕실에 남아있던 정령들도 욕조에서 나와 탈의실에서 실내복으로 갈아입고 산장 안으로 돌아왔다.

그때, 목욕을 마친 시도가 눈에 들어왔다.

"아, 시도."

"어라, 너희도 방금 욕실에서 나온 거야?"

"응. 어, 토카는 어디 있어?"

코토리의 물음에 시도가 「응?」 하고 고개를 갸웃거렸다.

"못 봤는데…… 혹시 이미 잠든 걸까?"

"아, 제가…… 보고 올게요."

시도가 그렇게 말하자, 요시노는 살며시 고개를 끄덕였다. 그러자 요시노가 왼손에 낀 토끼 퍼펫 인형 『요시농』도 덩달아 고개를 끄덕였다.

『금방 보고 올게~.』

"아…… 요시노가 간다면, 나도 같이……."

나츠미도 뒤이어 그렇게 말했다. 그 말을 들은 요시노가 「고마워요, 나츠미 씨」라고 말하자, 나츠미는 부끄러워하듯 볼을 붉히면서 고개를 돌렸다.

요시노, 나츠미, 『요시농』, 두 사람과 한 인형이 계단을 올라가더니, 복도를 지나 토카의 방으로 향했다.

"토카 씨…… 괜찮나요?"

"······자는 거야? 문 좀 열게."

두 사람은 그렇게 말하면서 방문을 열었다.

그리고······.

"—꺄아아아아아아아아!"

"끄아아아아아아아아아아악!"

방 안을 쳐다본 두 사람이 동시에 엄청난 비명을 질렀다.

"대, 대체 무슨 일이야?"

"······윽!"

다들 그 비명에 심상치 않은 일이 벌어졌다는 사실을 눈치채고, 일제히 고개를 치켜들며 계단을 서둘러 올라갔다.

"어이, 무슨 일— 윽?!"

그리고 활짝 열린 문을 통해 방안을 쳐다본 그들은 그 자리에서 딱딱하게 굳어버렸다.

하지만 그들이 그러는 것도 무리는 아니었다. 그곳에는 피로 물든 공간이 펼쳐져 있었으니 말이다.

마치 문 하나를 경계로 세계가 뒤바뀐 듯한 느낌이 들었다. 방의 벽, 바닥, 천장에 핏방울이 튀어 있었고, 그 한가운데에는 아무 말도 못하는 토카가 쓰러져 있었다.

"토, 토카······?!"

"뭐, 뭐야····· 뭐가 어떻게 된 건데?!"

그 광경을 본 그들은 하나같이 동요했다.

하지만 그것은 오늘밤 펼쳐질 피비린내 나는 참극의 서장

에 지나지 않았다.

◇

격렬한 눈보라 소리에, 문을 두들기는 소리가 뒤섞였다.

그 소리가 들릴 때마다 방 안에 있는 이들은 새파랗게 질린 얼굴로 온몸을 부들부들 떨었다.

하지만 그것도 무리는 아니었다. 왜냐하면 지금 방문을 두들기고 있는 이는 무시무시한 살인귀인 것이다.

─처음에는 다들 농담으로 여겼다.

이 산에는 탈옥을 한 살인귀가 숨어살고 있으며, 눈보라가 불 때마다 하산하지 못하게 된 관광객들을 죽이기 위해 산장을 찾아온다, 같은 이야기를 누가 믿겠냐 말이다.

질 나쁜 농담이나 도시괴담이 틀림없었다. 누군가가 그 이야기를 했을 때도 다들 웃어넘겼다.

하지만 그로부터 몇 시간 후, 2층에 있는 방에서 피범벅이 된 채 죽은 소녀가 발견됐다.

방의 창문에는 외부에서 깬 흔적이 있었으며, 바닥에는 커다란 발자국이 남아 있었다.

산장에 머물고 있던 손님들은 패닉 상태에 빠졌다. 이 소녀를 죽인 살인귀가 건물 안에 숨어있을지도 모르는 것이다.

현재 밖은 극심한 눈보라가 불고 있었다. 지금 밖에 나가봤자 하산은 고사하고 얼어 죽을지도 모른다.

하지만 그들이 우왕좌왕하는 사이, 한 명, 또 한 명, 숙박객이 죽었다.

그리고 현재— 생존자들이 모여 있는 이 방의 문을, 살인귀가 거칠게 두들기고 있었다.

문 앞에는 소파와 선반 같은 것으로 바리케이드를 만들어 뒀지만, 그런 게 언제까지 버틸 수 있을지 짐작조차 되지 않았다. 그리고 문 너머에서 소리가 들릴 때마다 그것들은 삐걱거리며 흔들렸다.

몇 초 후, 문 너머에서 들려오던 소리가 멎었다.

설마 포기하고 산으로 돌아간 걸까……?

생존자들의 마음속에 그런 희망에 싹튼 순간, 창문에 거대한 그림자가 드리워지더니—.

"—찾았다아아아아아아아앗!!"

"우왓?!"

"꺄앗~!"

"……윽!"

이야기 도중에 카구야가 갑자기 소리를 지르자, 시도를 비롯한 다른 이들이 어깨를 부르르 떨었다.

그들은 손전등만 켜둔 어둑어둑한 방에 모여 있었다. 창밖에서는 여전히 눈보라가 휘몰아치고 있었다. 방금 카구야가 한 괴담과 똑같은 상황인 것이다.

물론 시도 일행이 사는 도쿄 도 텐구 시에 이런 상황이 펼쳐질 리가 없다.

지금 그들이 있는 곳은 설산에 있는 산장이다. 시도 일행은 휴일을 이용해 설산에 스키를 타러 온 것이다.

오늘은 날씨가 나빠서 일찌감치 스키를 접고 산장으로 돌아왔다. 그리고 카구야가 재미있는 걸 하자면서 일행을 방으로 모으더니, 손전등을 절묘하게 이용하며 괴담을 들려줬던 것이다.

"가……, 가가가, 갑자기 고함 좀 지르지 마, 카구야! 깜짝 놀랐잖아!"

얼굴에 진땀이 맺힌 코토리가 필사적으로 표정을 관리하며 그렇게 말했다. 스스로는 평정심을 유지하고 있다고 생각하는 것 같지만, 전혀 그렇게 보이지 않았다. 그러고 보니 코토리는 이런 괴담에 약했다.

"으, 음, 나도 놀랐다……."

"무서웠……어요."

그리고 토카도 놀란 것처럼 눈을 동그랗게 떴으며, 요시노도 어깨를 부들부들 떨고 있었다. 카구야는 그 모습을 보고 만족했는지 팔짱을 꼈다.

"크큭…… 그대들에게 이 몸의 이야기는 지나치게 자극적이었나 보구나. 하지만 그것도 무리는 아니지. 내가 입에 담은 이야기는 강력한 언령(言靈). 유세(幽世)의 허언(虛言)을 현세로 불러내는 마성의 힘이니까 말이야."

하지만 방의 오른편에 있는 이들은 전혀 동요하지 않았다.

"……."

"우후후~ 그런가요~. 정말 무섭네요~."

"……으음, 응, 뭐……."

"고소(苦笑). 카구야가 괴담 같은 걸 이야기하니 좀 어이가 없군요."

오리가미는 이야기를 끝까지 듣고도 표정에 변화가 없었고, 미쿠는 괴담에는 관심이 없는지 다른 이들의 리액션을 지켜보며 즐거워하고 있었다. 그리고 나츠미는 처음부터 결말을 알고 있었다는 반응을 보였으며, 유즈루는 카구야를 쳐다보며 「……풉」 하고 의미심장한 웃음마저 흘리고 있었다.

"왜, 왜 그래……?"

"회상. 카구야가 담력 승부 도중에 울며불며 저에게 매달렸던 게 생각나서 말이죠."

"유, 유즈루?!"

카구야는 얼굴을 새빨갛게 붉히면서 유즈루를 크게 불렀다. 하지만 유즈루는 웃음을 흘리며 말을 이었다.

"추측. 아마 낮에 이 지방 사람에게 방금 그 이야기를 듣고 너무 무서운 나머지 밤에 혼자 화장실에 갈 수 없게 되어서, 동지를 만들려고 다른 이들에게 해주는 거겠죠."

"잠깐…… 마, 말도 안 되는 소리 하지 마! 딱히 그런 건 아냐! 그리고 화장실 정도는 혼자 갈 수 있거든?! 그저, 혼자서 화장실에 못 가겠다는 애가 있다면 같이 가줄 의향도 있다고나 할까……"

카구야는 말끝을 흐렸다. 그런 카구야를 본 유즈루는 웃음을 터뜨렸다.

"미소. 역시 카구야는 겁쟁이라니까요. 내일 아침에는 카구야의 이불에 멋진 세계지도가 그려져 있을지도 모르겠군요."

"뭐…… 그, 그딴 거 안 그려!"

카구야가 달려들자, 유즈루는 몸을 휙 돌리며 그녀를 피하더니 그대로 방에서 나갔다. 카구야는 바닥을 박차면서 유즈루를 쫓아갔다.

"거기 서, 유즈루우우우!"

"도주. 삼십육계 줄행랑이에요."

그리고 격렬한 발소리가 복도에서 들려왔다. 〈라타토스크〉가 준비한 이 산장에는 그들 이외에는 숙박객이 없긴 하지만, 저 두 사람은 남들을 너무 배려하지 않는 것 같았다. 시도는 하아 하고 한숨을 내쉬었다.

"정말, 여전하네."

시도는 어깨를 으쓱하더니, 무릎을 짚으면서 몸을 일으켰다.

"뭐, 곧 저녁때니까 배가 고프면 얌전해지겠지."

시도가 방에서 나가려고 한 순간, 누군가가 그의 옷자락을 움켜잡았다. —코토리였다.

"응? 코토리, 왜 그래?"

"……아니, 그게……."

코토리는 주위에 있는 이들을 둘러본 후, 기어들어가는 목소리로 시도의 귀에 얼굴을 대고 말했다.

"……화장실 가고 싶은데, 같이 가주면 안 될까……?"

저녁 식사 후, 시도는 만족스러운 표정으로 배를 쓰다듬고 있는 토카와 함께 복도를 걷고 있었다.

시도 일행이 머물고 있는 이 시설은 산장 치고 꽤 넓었다. 2층 구조인 A동과 B동이 L자 모양으로 연결되어 있으며, 방 또한 열 개가 넘었다. 그렇기 때문에 식당에서 다른 이들이 모여 있는 공동 공간으로 이동하려면 어느 정도 시간이 걸렸다.

"휴우…… 시도, 정말 맛있었다. 아까 먹은 요리의 이름은 무엇이냐?"

걸음을 옮기던 토카가 아까 먹은 음식이 불현듯 생각났는지 그렇게 물었다. 시도는 그 말을 듣고 고개를 갸웃거렸다.

"뭐 말이야?"

"새하얀 수프 같은 그것 말이다."

"아, 크램차우더 말이구나. 조개로 만든 스튜 같은 거야. 입에 맞았으면 다음에 또 만들어줄게."

"오오, 정말이냐?!"

시도의 말에 토카의 눈이 반짝였다. 시도는 미소를 지으며 고개를 끄덕였다.

두 사람이 그런 이야기를 나누며 걸음을 옮기고 있을 때, 옆에서 작은 목소리가 들려왔다.

"……권속들이여. 이 몸의 부름에 응하거라."

"응?"

고개를 돌려보니, 카구야가 복도 모퉁이에 숨듯이 서 있었다. 그녀는 남들의 눈길을 피하려는 것처럼 몸을 움츠린 채, 시도와 토카를 향해 손짓을 하고 있었다.

"……어?"

시도와 토카는 서로를 쳐다본 후, 카구야를 향해 걸음을 옮겼다. 그리고 두 사람은 카구야와 함께 그녀의 방 안으로 들어갔다.

카구야는 방문을 닫은 후, 그대로 돌아서더니 양손을 활짝 펼쳤다.

"소환에 응해줘서 고맙다! 내 최강의 권속들이여!"

"음?"

"……으음, 그런데 무슨 일이야?"

토카와 시도가 영문을 모르겠다는 듯이 고개를 갸웃거리자, 카구야는 에헴 하고 헛기침을 하면서 말을 이었다.

"······실은 너희에게 부탁할 게 있다."

"부탁?"

"음······."

카구야는 약간 거북한 표정을 지으며 고개를 끄덕이더니, 그『부탁』의 내용을 털어놓았다.

"뭐······?"

시도는 그 말을 듣더니, 경악을 금치 못하며 눈을 크게 떴다.

"『설산의 살인귀』가 진짜로 있는 것처럼 꾸미자고?"

"으음······ 그게 무슨 소리냐?"

"그러니까, 아까 내가 해줬던 괴담의 사건을 진짜로 일으켜서 다른 애들을 놀래 주고 싶다는 거야."

"대, 대체 왜 그러려는 건데······?"

"뻔하잖아! 오리가미와 미쿠, 그리고 유즈루의 코를 납작하게 만들어주기 위해서야······! 무서운 일이 일어나면 무서워하는 게 당연하다는 걸 가르쳐주고 싶단 말이야······!"

"어, 어이······."

시도가 쓴웃음을 짓자, 카구야는 힘차게 고개를 숙였다.

"부탁이야! 도와줘! 이런 부탁은······ 내 권속인 너희 외에는 누구한테도 할 수 없어! 사람 한 명 살려주는 셈 치고 도와줘……!"

"으음……."

"흠……."

시도와 코토리는 잠시 동안 서로를 쳐다본 후, 고개를 끄덕였다.

"어쩔 수 없지. 이번만 도와주겠다."

"뭐, 카구야가 자주 이런 부탁을 하는 것도 아니니까 말이야……."

"뭐?! 정말?! 고마워!"

카구야는 시도와 토카의 손을 잡고 기뻐하면서 그렇게 말했다.

─그리고, 현재에 이르렀다.

가짜 피로 범벅이 된 토카의 방은 그야말로 처참하기 그지없었다. ……카구야의 지시에 따른 것이기는 하지만, 피를 너무 많이 뿌린 게 아닐까 하는 생각도 들었다. 진짜 피로 이런 참상이 펼쳐지려면 경동맥이라도 잘려야 할 것이다. 그리고 나중에 청소하는 것도 꽤나 힘들 것 같았다.

뭐, 시도와 카구야도 이 정도로 다른 이들을 속일 수 있을 거라고는 생각하지 않았다. 유즈루와 미쿠라면 몰라도, 코토리와 오리가미는 이 정도로는 속일 수 없으리라. 토카 또한 진짜로 죽은 게 아니라 피범벅이 된 채 바닥에 누워있을 뿐이다. 심장박동이나 맥을 확인해보면 바로 들통이 날 것이다. 아니, 이 위치에서도 유심히 쳐다보면 가슴이 희미하게 들썩이는 게 보였다.

하지만 그래도 괜찮다. 토카에게는 누군가가 다가오면 바로 벌떡 일어나서 놀래 주라고 일러뒀다.

그리고 카구야의 호주머니 안에는 『놀래 주기 대성공!』이라고 적힌 종이가 들어 있었다. 즉, 다른 이들을 한 번 깜짝 놀래 주는 데 성공하면 되는 것이다.

"……"

시도가 눈짓을 보내자, 카구야는 씨익 웃었다. 뜻대로 술술 풀리고 있다는 듯이 말이다.

이제 오리가미나 코토리, 기왕이면 유즈루가 토카의 생사를 확인하기 위해 다가갔다가 화들짝 놀라기만 하면 성공이다. 카구야의 흥분이 옆에 있는 시도에게도 전해졌다.

하지만…….

"토, 토카……?"

"맙소사…… 거짓말…… 어째서 토카가……!"

"꺄아아아아앗! 토카 씨?!"

하지만 두 사람의 예상과 달리, 아무도 의문을 품지 않은 채 상황은 그대로 진행되기 시작했다.

"어? 아니, 저기, 다들?"

카구야가 식은땀을 흘리며 토카를 손가락으로 가리켰지만, 아무도 그녀의 말을 들은 척도 하지 않았다. 오리가미는 심각한 표정을 지으며 입을 열었다.

"진정해. 그리고 범인의 흔적이 남아있을지도 모르니, 현장을 어지럽혀선 안 돼."

"전율. 범인이라니⋯⋯."

"자세한 건 아직 몰라. 하지만 이건 틀림없는 타살이야. 토카는 누군가에게 살해당했어."

"저기, 오리가미. 좀 더 자세히 살펴보는 편이 좋지 않을까? 어쩌면 아직 살아있을지도 모르는데⋯⋯."

시도가 당황한 목소리로 그렇게 말하자, 오리가미는 그의 어깨에 손을 얹으며 천천히 고개를 저었다.

"인정하고 싶지 않은 심정은 이해해. 하지만 현실에서 눈을 돌리면 안 돼."

"아니, 저기⋯⋯."

"앗⋯⋯, 설마 범인은―."

시도가 말을 이으려고 한 순간, 코토리가 어깨를 부르르 떨면서 외쳤다.

"『설산의 살인귀』⋯⋯?!"

"""⋯⋯윽!"""

코토리가 그 이름을 입에 담은 순간, 이 자리에 있는 이들의 얼굴이 경악으로 물들었다.

"서, 설마……."

"카구야 씨가 말한 탈옥범…… 말인가요~?"

"응……. 그럴 가능성이 커."

"의문. 하지만 정령인 토카가 인간에게 간단히 당할 리가 없어요."

"나도 그렇게 생각해. 하지만 결과적으로 토카는 살해당하고 말았어. 그 살인귀는 오랜 세월동안 산에서 생활한 덕분에 인간을 능가하는 신체능력을 지닌 게 분명해."

"그, 그럴 수가……."

요시노는 불안한지 표정이 어두워졌다. 코토리는 굳은 표정으로 호주머니에서 핸드폰을 꺼내 화면을 조작하더니, 미간을 찌푸렸다.

"큭, 연결이 안 돼. 혹시 재밍……?!"

"설마……."

오리가미는 숨을 삼키더니, 그대로 방을 뛰쳐나갔다.

그리고 몇 분 후, 방으로 돌아온 오리가미의 어깨와 머리에는 눈이 쌓여 있었다.

"오리가미, 어디에 갔다 온 거야?"

"주차장. 누군가가 우리가 타고 왔던 버스의 타이어를 예리한 날붙이 같은 걸로 펑크내놨어."

"""뭐……?!"""

다들 그 절망적인 정보를 듣고 혼란에 빠졌다.

시도와 카구야는 그들과는 다른 이유로 당황했다.

"……."

시도는 아무 말 없이 카구야를 쳐다보았다. 그러자 카구야는 「내가 한 짓 아냐!」라고 주장하듯 세차게 고개를 저었다.

난로 안에서 타들어가고 있는 장작을 둘러싸고, 얼굴이 창백하게 질린 정령들이 의자에 앉아있었다.

잠시 동안 무거운 정적이 주위를 감쌌다. 미쿠가 훌쩍이는 소리만이 주위에 울려 퍼지고 있었다.

하지만 그것도 무리는 아니었다. 방금까지 함께 담소를 나눴던 토카가 저렇게 되고 만 것이다. 게다가 토카를 죽인 범인이 아직 근처에 있을지도 모른다. 슬픔과 공포 때문에 혼란스러워하는 것도 무리는 아니었다.

"……이제부터 어떻게 할지 의논하자."

코토리가 입을 열었다. 그녀는 손가락을 희미하게 떨면서도 마음을 굳게 먹으며 다른 이들을 둘러보았다.

유즈루가 살며시 손을 들며 말했다.

"제안. 만약 『설산의 살인귀』가 진짜로 존재한다면 빨리 도망쳐야 해요."

"뭐, 그게 가능하다면 그러고 싶어. 하지만 무리야. 눈보라가 휘몰아치는 설산을 걸어서 내려가는 건 불가능에 가까워. 게다가 버스의 타이어도 펑크가 났잖아……."

"그, 그럼 우리는…… 살인귀가 어슬렁거리고 있는 이 산
장에 갇혀버린 거야?"

나츠미의 말에 정령들의 얼굴에 절망이 어렸다. 그런 그녀
들을 본 카구야가 팔짱을 끼면서 고개를 숙였다.

다른 이들의 눈에는 카구야가 생각에 잠기거나 공포를 견
디고 있는 것처럼 보이리라. 하지만 카구야의 뒤편에 앉아있
는 시도의 위치에서는 카구야의 딱딱하게 굳은 표정이 눈에
훤히 들어왔다.

사실 시도와 카구야는 일을 이렇게 크게 만들 생각이 없
었다. 하지만 다른 이들이 예상 이상의 반응을 보여주는 바
람에 일이 이렇게까지 커지면서 돌이킬 수 없게 되고 만 것
이다.

카구야의 심정을 알 리가 없는 오리가미가 입을 열었다.

"그럼 맞서 싸울 수밖에 없어."

"맞서 싸운다니……."

"분명 상대는 토카를 죽일 수 있을 정도로 강해. 하지만
이 정도 숫자의 정령을 혼자서 상대할 수 있는 인간이 존재
할 리 없어. 준비와 경계만 철저히 한다면 살해당할 염려는
없을 거야."

"그래……. 오리가미의 말이 옳아."

코토리는 오리가미의 말을 듣고 고개를 끄덕이더니, 정신

을 바짝 차리려는 듯이 자신의 볼을 세차게 때리며 벌떡 일어났다.

"오늘은 여기서 다함께 자자. 교대로 불침번을 서면서 내일 아침까지 버티는 거야. 알았지? 다들, 절망하면 안 돼. 눈보라가 그칠 때까지 버티면 도망칠 수 있어."

"""…………"""

코토리가 주먹을 말아 쥐며 그렇게 말하자, 다들 고개를 끄덕였다.

"그럼 우선 준비부터 하자. 필요한 것들을 분담해서 가져오는 거야. 그래도 절대 혼자 행동하지 마. 반드시 두 명 이상이 함께 행동해. 미쿠와 나츠미는 물과 식량을 확보하고, 시도와 카구야는 인원수만큼의 침낭을 가져와. 요시노와 유즈루는 난로 앞을 치워서 우리 모두가 누워서 잘 공간을 만들어줘."

"……어, 내가 왜 미쿠와 함께 행동해야 하는 건데?"

"내 방에 호신용 무기가 있어. 예비용 9mm 권총과 탄환 정도지만 말이야."

"……오리가미, 전부터 궁금했던 건데 말이야. 너, 무기소지법이라는 걸 알긴 해?"

"물론이지."

"……뭐, 이번만큼은 도움이 될 것 같네. 그럼 내가 오리가미와 함께 그녀의 방에 갈게."

"저기, 내 말 좀……."

나츠미는 할 말이 있는 것 같았지만, 괜한 소리를 할 때가 아니라고 판단했는지 입을 다물었다.

코토리는 그런 나츠미를 본 후, 「좋아」 하고 허리에 손을 댔다.

"그럼 시작하자. 다들 조심해."

모두 고개를 끄덕인 후, 두 명씩 팀을 짜서 산장 곳곳으로 흩어졌다.

"자, 시도와 카구야도 빨리 가."

"아, 그, 그래……. 저기, 코토리."

"시도. 반드시…… 다 함께 이곳을 탈출하자."

"……으음, 그, 그래."

코토리가 진지한 눈빛으로 바라보자, 시도는 애매한 목소리로 그렇게 대답을 하며 고개를 끄덕였다. 그리고 카구야와 함께 복도로 나왔다.

"……저기, 시도."

그리고 다른 이들의 시선이 닿지 않는 장소로 이동한 후, 카구야는 작은 목소리로 말했다.

"……어떻게 하지?"

"……나도 모르겠어."

시도는 볼을 긁적이면서 한숨을 내쉬었다.

"아무튼 이실직고할 거면 서두르는 편이 좋아. 시간을 끌수록 더 입이 떨어지지 않을 거라고."

"응…… 그래. 유즈루와 다른 애들이 겁먹은 모습도 봤으니까 이제 만족했어. 토카도 이대로 혼자 있게 둘 수는…… 어, 어라?"

그때, 카구야가 갑자기 창문 쪽을 쳐다보면서 영문을 모르겠다는 듯이 고개를 갸웃거렸다.

"저기, 방금 뭔가가 창문 밖을 지나가지 않았어?"

"뭐?"

시도는 그 말을 듣고 창문을 쳐다보았다. 하지만 보이는 것이라고는 거센 눈보라뿐이었다.

"아무 것도 안 보이는데…… 잠깐만. 설마 나까지 겁주려는 거야?"

"아, 그런 건 아닌데…… 으음, 기분 탓인가?"

카구야는 볼을 긁적이더니, 「뭐, 됐어」 하고 한숨을 내쉬었다.

"그것보다, 빨리 침낭을 가지러 가자."

"뭐? 이실직고하려는 거 아니었어?"

"할 거야. 하지만 다 같이 자는 것도 재미있을 것 같지 않아? 그리고 진실을 알고 나서도 다들 혼자 방에서 자는 건 무서울지도 모르잖아."

"……너, 설마 자기가 연출해놓고 겁먹은 거야?"

시도가 미심쩍은 눈빛을 띠면서 그렇게 말하자, 카구야는 볼을 붉혔다.

"바, 바보 같은 소리 하지 마! 그럴 리가 없잖아!"

"그래그래. 알았어. 알았다고."

"우우…… 진짜로 알아들은 거야?"

카구야가 미심쩍은 눈초리로 시도를 쳐다보았다. 그러자 그는 항복이라는 듯이 손바닥을 펼쳤다.

바로 그 순간이었다.

주방 쪽에서 쨍그랑 하는 소리가 들리더니, 그 뒤를 이어 새된 비명 소리가 산장 안에 울려 퍼졌다.

"꺄, 꺄아아아아아아아아아아!!"

"끼…… 끼아아아아아아아아아!"

물과 식량을 가지러 갔던 미쿠와 나츠미의 목소리였다. 시도와 카구야는 그 갑작스러운 절규를 듣고 무심코 서로를 쳐다보았다.

"뭐, 뭐야……?"

"바퀴벌레가 나온…… 것 치고는 목소리가 너무 절박하네."

"아무튼 가보자."

"아…… 응!"

시도는 카구야와 함께 방금 그 소리가 들린 곳을 향해 뛰어갔다.

그리고 일행이 방금까지 있던 장소를 정리하고 있는 줄 알았던 요시노, 유즈루와 마주쳤다. 아무래도 그녀들도 방금 그 목소리를 듣고 뛰어온 것 같았다.

"요시노, 유즈루!"

"시도…… 씨!"

"선도(先導). 이쪽이에요. 서두르죠."

유즈루는 그렇게 말하면서 주방으로 뛰어 들어가더니─
걸음을 멈췄다.

그녀의 뒤를 쫓던 시도도 곧 유즈루가 멈춰선 이유를 알
아챘다.

비상용 식량이 비축되어 있는 주방 안쪽.

그곳이 선혈로 범벅이 되어 있었던 것이다.

"우, 우와아아아아아아아아악!"

시도는 눈을 치켜뜨면서 비명을 질렀다.

주방 한편이 말 그대로 피바다가 되어 있었다. 그리고 그
한가운데에─ 눈에 익은 소녀 두 명이 쓰러져 있었다.

한 명은 미쿠, 그리고 다른 한 명은 나츠미였다.

틀림없다. 방금까지 시도와 이야기를 나눴던 정령들이었다.

그들의 변해버린 모습을 본 시도는 이가 덜덜 떨렸다.

"말도…… 안 돼……."

"뭐, 뭐야……. 뭐가 어떻게 된 건데……. 대체 누가 이런
짓을……."

혼란에 빠진 카구야는 머리를 감싸 쥐며 신음 같은 목소
리로 그렇게 말했다. 그러자 유즈루는 인상을 찡그리면서

입을 열었다.

"지적. 카구야, 무슨 소리를 하는 거예요. ……범인은 『설산의 살인귀』가 틀림없어요."

"……윽!"

"뭐—."

유즈루의 말에 시도와 카구야는 눈을 치켜뜨며 서로를 쳐다보았다.

유즈루가 방금 말한 것처럼, 눈앞에 펼쳐진 참상은 아까 토카의 방에서 본 광경과 흡사했다. 경동맥이라도 잘린 듯한 엄청난 출혈, 피범벅이 된 사체. 또한 주방 안쪽에 있는 유리 문은 깨졌으며, 그곳을 통해 눈이 쏟아져 들어오고 있었다.

하지만 말도 안 된다. 이런 일이 일어날 리 없다. 시도와 카구야는 눈빛을 통해 대화를 나눴다.

그렇다. 토카의 방에서 벌어진 일은 카구야의 주도 하에 꾸민 깜짝 이벤트이며, 가짜 살인 사건이다.

『설산의 살인귀』 같은 게 존재할 리가 없는 것이다.

—하지만, 그렇다면 지금 눈앞에서 벌어진 일은 대체…….

"카, 카구야, 뭐가 어떻게 된 거야……."

"내, 내가 그걸 어떻게 알아……."

시도와 카구야가 작은 목소리로 이야기를 나누고 있는데 두 사람의 뒤편에서 급한 발소리가 들렸다.

"······윽!"

한순간 몸을 긴장시켰지만─ 곧 그것이 코토리와 오리가미의 발소리라는 사실을 깨달았다. 그녀들도 미쿠와 나츠미의 비명을 듣고 이곳으로 뛰어온 것이리라.

"시도! 대체 무슨 일─ 윽!"

코토리는 말을 이으려다 손으로 입을 가렸다.

"미쿠, 나츠미······ 말도 안 돼······."

"······여기는 위험해. 아까 우리가 모였던 장소로 이동하자."

오리가미는 희미하게 눈썹을 찌푸리며 그렇게 말했다. 그녀 또한 전혀 동요하지 않은 것은 아니리라. 하지만 전직 자위대원인 그녀는 현재 무엇을 우선해야 하는 것인지 머릿속으로 정리한 것 같았다.

"으, 응······ 그······래."

존재할 리가 없는 살인귀에게 미쿠와 나츠미가 살해당했다. 그 말도 안 되는 사실 탓에 시도의 머릿속은 뒤죽박죽이 되었다.

하지만 이대로 여기에 가만히 서 있어선 안 된다는 사실만큼은 시도도 알고 있었다. 그는 미쿠와 나츠미의 유해를 향해 합장한 후, 오리가미의 지시에 따라 충격을 받은 탓에 얼어붙은 요시노의 손을 잡아끌고 공동 공간으로 돌아왔다.

난로 앞은 요시노와 유즈루가 깨끗하게 정리해뒀다. 그뿐만 아니라 그 주위를 둘러싸듯 의자로 간이 바리케이드를 만들어놓았다. 시도 일행은 그 의자들을 지나 난로 앞으로 간 뒤 그제야 한숨을 돌렸다.

오리가미는 주위를 빈틈없이 살피며 손에 쥔 9mm 권총을 살폈다.

"아무튼, 눈보라가 그칠 때까지는 여기서 버틸 수밖에 없어."

"……그래."

코토리도 오리가미를 따라하듯 손에 쥔 권총을 확인하며 그렇게 대답했다.

"코토리…… 너, 총을 다룰 줄 아는 거야?"

"……일단 기초적인 훈련은 받아."

"……."

시도는 생각지도 못한 상황에서 여동생이 지닌 뜻밖의 일면을 알았지만, 지금은 당혹감 때문에 별다른 감흥이 없었다.

하지만 시도만 그런 것이 아니었다. 아까 미쿠와 나츠미의 사체를 본 카구야 또한 당황할 대로 당황한 것 같았다.

"어이, 카구야. 괜찮아?"

"아…… 아……."

카구야는 어깨를 부르르 떨면서 머리를 감싸 쥐었다.

"……왜, 미쿠와 나츠미가…… 호, 혹시, 내가 그런 소리를 했기 때문에……? 내가 『설산의 살인귀』 이야기를 한 바람에, 진짜로……."

"카구야!"

"……윽!"

시도가 소리쳐 부르자, 카구야는 어깨를 부르르 떨며 화들짝 놀랐다.

"그럴 리가 없잖아. 정신 바짝 차려, 카구야."

"아…… 응. 미안해……."

카구야는 힘없이 고개를 끄덕였다.

바로 그 때, 주위를 밝히고 있던 전등이 갑자기 깜박이기 시작했다.

그리고 잠시 후, 전등이 꺼지고 말았다.

"윽! 뭐, 뭐야?! 무슨 일이야?!"

"전율. 정전인 걸까요……."

다들 동요해서 주위를 두리번거렸다.

시도 일행은 난로 앞에 있었기 때문에 주위가 완전히 어두컴컴해지지는 않았다. 소리를 내며 타들어가는 불길이 주위를 희미하게 비추고 있었던 것이다.

하지만 그 빛은 전등과 비교도 되지 않을 만큼 흐릿했다. 주위만 흐릿흐릿하게 보였으며, 복도나 계단 위는 깊은 어둠에 뒤덮인 채, 이 자리에 있는 이들의 공포심을 자극하듯 심연을 내비치고 있었다.

"왜 하필 이럴 때……."

"큭……. 잠깐만 기다려. 핸드폰 불빛을……."

시도가 그렇게 말하면서 호주머니를 뒤진 순간— 복도 쪽에서 희미한 발소리 같은 것이 들렸다.

"……윽?! 누, 누구야?!"

"움직이지 마."

코토리와 오리가미는 경계심으로 가득 찬 목소리로 그렇게 말하며 방금 소리가 들린 곳을 향해 총구를 들었다.

하지만 발소리의 주인은 움직임을 멈추지 않았다. 뭔가 묵직한 것을 질질 끄는 듯한 소리를 내면서 천천히, 하지만 확실히 이쪽으로 다가오고 있었다.

그리고 『그』는 이윽고 난로 불빛이 비치는 곳에 오더니—자신의 기묘하기 그지없는 모습을 시도 일행에게 보여줬다.

그는 2미터는 될 듯한 거대한 체구를 낡은 외투로 감싼 괴한이었다. 눌러쓴 후드 때문에 얼굴은 보이지 않았지만, 때때로 후우, 후우 하고 거친 숨을 내쉬고 있었다. 손에는 피범벅이 된 거대한 도끼를 쥐고 있었으며, 그것을 질질 끌면서 다가오고 있었다.

"우와아아아아아아아아아아아악!"

"꺄아아아아아아!"

"이, 이 녀석, 뭐야아아아아아!"

그 기묘하기 그지없는 모습을 본 순간, 시도 일행은 무심코 비명을 질렀다.

기묘한 괴한—『설산의 살인귀』는 그 말에 반응한 것처럼 몸을 부르르 떨더니, 천천히 고개를 들면서 그들을 향해 걸음을 옮겼다.

"멈춰. 프리즈."

오리가미가 경고를 했지만, 살인귀는 걸음을 멈추지 않았다. 오리가미는 혀를 차며 총구를 살짝 내리고, 살인귀의 발을 향해 총을 쐈다.

탕! 하는 메마른 소리가 울려 퍼졌다. 하지만 그 소리가 울려 퍼진 후에도 살인귀는 움직임을 멈추지 않았다.

"읏—."

오리가미는 숨을 삼키며 탄환을 연이어 발사했다. 코토리 또한 뒤늦게 방아쇠를 당겼다.

산장 안에서 총성이 여러 번 울려 퍼졌다. 하지만 살인귀는 멈추지 않았다.

아무리 어둑어둑하다고 해도, 이렇게 가까운 거리에서 모든 탄환이 빗나갈 리가 없다. 아니, 그 이전에 설령 빗나갔더라도 평범한 인간이라면 총성을 듣고 놀라서 도망칠 것이다.

하지만 살인귀는 걸음을 멈추는 것은 고사하고 더욱 속도를 내며 다가왔다. 마치 총을 맞아도 전혀 아프지 않다는 것처럼 말이다.

"시도, 우리가 저 자를 막을 테니까 그 틈에 도망쳐."

그렇게 말한 오리가미는 코앞까지 다가온 살인귀를 노려보며 익숙한 손놀림으로 탄창을 교환했다.

"하, 하지만……."

"쓸데없는 소리하지 말고 빨리 가! 우리 둘 만이면 얼마든지 도망칠 수 있어! 시도, 다른 애들을 부탁해!"

"큭……."

시도는 그 말을 듣고 미간을 찌푸리며 마른 침을 삼켰다.

"알았어. 미안해……! 가자, 요시노, 카구야, 유즈루!"

"예……!"

"으, 응……."

"수긍. 뒷일을 부탁해요, 코토리, 마스터 오리가미."

요시노, 카구야, 유즈루는 시도의 말에 대답한 후, 그의 뒤를 따랐다.

의자를 밀치며 공동 공간에서 빠져나온 그들은 어둑어둑한 복도를 내달렸다. 등 뒤에서는 날카로운 총성과 도끼를 휘두르는 듯한 소리가 들렸다.

"—큭!"

"꺄아아아악!"

몇 초 후, 오리가미와 코토리의 비명 소리가 들렸다. 그 후로 뒤편에서는 아무 소리도 들리지 않았다.

"—큭! 오리가미, 코토리……!"

아니, 들리지 않았다……는 표현에는 어폐가 있었다. 어둠 속에서 살인귀의 발소리, 그리고 거대한 도끼를 질질 끄는 둔탁한 소리가 들려왔다.

"서, 설마……."

요시노가 불안한 목소리로 그렇게 말했다. 시도는 그녀가 무슨 생각을 하고 있는지 금세 눈치챘다. 하지만 시도는 요시노의 말을 막으려는 것처럼 그녀의 어깨를 힘차게 잡았다.

"……괜찮아. 다른 사람도 아니고 오리가미와 코토리가 당할 리가 없어. 분명 잘 도망쳤을 거야."

시도가 그렇게 말하자, 요시노는 한순간 눈썹을 일그러뜨렸다. 하지만 곧 마음을 다잡으며 고개를 끄덕였다.

"유인. 일단 이대로 도망치죠."

"그래—!"

시도는 고개를 끄덕인 후, 등 뒤에서 들려오는 발소리로부터 도망치듯 복도를 뛰었다.

하지만 아무리 넓다고 해도 이곳은 어디까지나 산장이다. 시도 일행은 이내 막다른 곳에 몰리고 말았다.

"큭…… 복도는 여기가 끝이야……!"

"아! 시도, 여기에 방이 있어!"

카구야가 왼편에 있는 벽을 손가락으로 가리켰다. 어둠 때문에 방금까지 눈치채지 못했지만, 확실히 그곳에는 문이 있었다.

방으로 도망친다는 것은 스스로 궁지에 들어가는 것이나 다름없다. 하지만 지금은 그런 걸 가릴 때가 아니었다. 천천히 다가오고 있는 살인귀의 발소리를 들으며 문을 열어젖힌 시도는 정령들을 방 안으로 유도했다.

"자, 어서 들어가!"

그리고 시도 또한 방 안으로 들어간 후 문을 잠갔다.

하지만 그런다고 안심할 수 있을 리가 없었다. 시도 일행은 방안에 있던 선반과 의자, 소파 등을 옮겨서 문이 열리지 않도록 바리케이드를 만들었다.

그리고 잠시 후, 발소리가 문 앞에서 멎더니—.

쾅! 하는 엄청난 소리가 들렸다.

아마 도끼로 문을 파괴하려 하는 것이리라. 간헐적으로 쾅, 쾅 하고 나무에 금속이 박히는 소리가 들렸다. 그리고 그때마다 문, 그리고 문을 막고 있는 가구가 흔들렸다.

"……윽! 시, 시도 씨……."

"괜찮아. 괜찮을 거야……!"

흔들리는 문을 노려보던 시도는 다른 이들의 어깨에 손을 얹으며 그녀들을 안심시켰다. 문에 도끼가 박히는 소리가 들릴 때마다 그녀들의 몸 또한 희미하게 떨렸다.

"큭……."

괜찮다고 말하기는 했지만, 이대로 있다간 곧 문이 부서지고 말 것이다. 대체 어떻게 하면—.

그렇게 시도가 생각에 잠겼을 때, 갑자기 문을 부수는 소리가 멎었다.

그 뒤를 이어 문 너머에서 살인귀의 기척이 사라지더니, 발소리가 점점 멀어져갔다.

"어……?"

"의아. 뭐가 어떻게 된 걸까요?"

카구야와 유즈루는 영문을 모르겠다는 듯한 목소리로 그렇게 말했다. 요시노가 왼손에 낀 인형, 『요시농』이 과장스럽게 고개를 갸웃거렸다.

『혹시 문이 부서지지 않아서 포기한 걸까~?』

"으음…… 그랬으면 좋겠지만……."

시도는 굳은 표정으로 그렇게 말하다가 턱에 손을 댔다.

"……앗."

그러다가 불현듯 어떤 생각이 떠오른 시도는 어깨를 부르르 떨었다.

"잠깐만 있어봐. ―어이, 카구야. 네가 저녁식사 전에 했던 이야기, 기억해?"

"뭐……? 으, 응. 그게 왜?"

"저기…… 그 이야기의 마지막 부분에도 딱 우리처럼―"

시도가 말을 이으려던 순간―.

그들의 오른편에 있는 창문 너머에 거대한 그림자가 드리워지더니, 쨍그랑! 하는 소리를 내며 유리창이 박살났다.

"히익―!"

카구야는 그 소리를 듣고 놀랐는지 시도를 확 끌어안았다.

"카구야, 괜찮아?"

"괘, 괜찮거든? 하, 하나도 무섭지 않거든? 죽더라도……"

시도와 함께 죽는다면 괜찮거든?!"

카구야는 울먹거리면서 그렇게 외쳤다.

그 목소리에 이끌리듯 걸음을 옮기던 살인귀는— 시도 일행의 눈앞에 서더니, 들고 있던 도끼를 치켜들었다.

그 압도적인 공포 탓에 카구야가 찢어질 듯한 비명을 질렀다.

"꺄—."

"꺄아아아아아아아아아아아아아아아아아아아아!"

그러자 그 목소리에 호응하듯 방 안에서 강렬한 바람이 휘몰아치더니, 압축된 회오리가 살인귀를 향해 날아갔다.

"……윽?!"

방 안에 있던 가구들이 흩날렸고, 바닥과 천장이 떨어져 나갔다. 그리고 그 바람의 격류는 그대로 방의 벽을 꿰뚫고 나갔다. 아무래도 정령의 정신이 불안정해진 탓에 영력이 역류한 것 같았다.

살인귀도 이건 견뎌낼 수 없었던 것 같았다. 살인귀는 벽과 함께 바람에 튕겨져 나가더니, 눈보라가 몰아치는 설원에 쓰러지고 말았다.

"앗! 시, 시도 씨, 저기 좀, 보세요……!"

요시노는 깜짝 놀란 목소리로 쓰러진 살인귀를 손가락으로 가리켰다.

"응? 무슨 일— 어?"

시도는 그쪽을 쳐다보고 눈을 동그랗게 떴다.

눈보라 때문에 살인귀의 몸을 감싼 낡은 외투가 벗겨지며 그의 정체가 드러났는데……

눈 덮인 지면에 쓰러져 있는 이는 바로 미쿠, 그리고 목말을 탄 나츠미였던 것이다.

"미쿠와…… 나츠미? 뭐가 어떻게 된 거야? 그 두 사람은 아까……"

"아~ 들켰네."

"……"

시도가 당황한 표정을 짓고 있을 때, 벽 너머에서 코토리와 오리가미가 얼굴을 쏙 내밀었다.

"어? 어……?"

시도는 얼빠진 목소리를 냈다.

◇

"깜짝 이벤트?!"

미쿠와 나츠미가 정신을 차릴 때까지 기다린 후, 상황 설명을 들은 시도가 얼빠진 목소리로 그렇게 외쳤다.

"그래."

코토리는 어깨를 으쓱이면서 말을 이었다.

"저녁을 먹은 후에 너희가 나누는 이야기를 우연히 들었

거든. 가짜 사건을 일으켜서 우리를 겁줄 생각이었다면서? 그런 나쁜 짓을 생각한 애한테는 따끔한 맛을 보여줘야겠다는 생각이 들었어."

"그, 그럼 토카도……."

"눈치 못 챈 게 아냐. 그런 조악한 살인현장에 속을 리가 없잖아? 그리고 정령이 그렇게 쉽게 당할 리가 없는걸."

코토리가 도끼눈을 뜨면서 그렇게 말하자, 카구야는 「으윽……」 하고 낮은 신음을 흘리며 고개를 돌렸다.

"다들 알고 있었던 거야……?"

"아니, 모두 다 알고 있었던 건 아냐. 요시노와 유즈루는 몰랐어. 요시노, 유즈루, 괜한 일에 휘말리게 해서 미안해."

"미안해…… 요시노……."

나츠미는 미안해하듯 어깨를 움츠렸다. 그러자 요시노는 괜찮다는 듯이 손사래를 치며 말했다.

"괜찮아요. 그것보다, 나츠미 씨와 미쿠 씨가 무사해서 정말 다행이에요……."

"요시노……."

나츠미는 감격한 표정을 지으며 요시노에게 다가가려고 했다. 하지만 바로 그때, 미쿠가 옆에서 끼어들었다.

"아앙, 요시노 양은 정말 상냥하다니까요~! 진심으로 저를 걱정해준 거군요~!"

"미, 미쿠 씨……!"

"……아, 저기, 방해되거든?"

코토리는 그런 그녀들을 쳐다보며 카구야의 코를 손가락으로 톡톡 두드렸다.

"당하는 사람의 심정도 이해했지? 그러니까 앞으로는 장난 좀 적당히 쳐."

"으, 으으윽……."

카구야는 분해 죽겠다는 듯이 잠시 동안 인상을 썼지만, 곧 체념한 것처럼 한숨을 내쉬었다.

"……잘못했어요."

"알았으면 됐어. 그리고 우리도 사과할게. 좀 심했던 것 같네. 영력이 역류할 정도로 괴롭힐 생각은 없었거든."

코토리가 그렇게 말하며 카구야의 머리를 상냥하게 쓰다듬어줬다.

바로 그때, 뭔가를 떠올린 것처럼 카구야의 눈썹이 희미하게 떨렸다.

"저기 말이야……."

그렇게 말한 카구야는 슬며시 유즈루를 쳐다보았다.

"아까 미쿠와 나츠미를 날려버린 사람은 내가 아니었던 것 같은데……."

"……."

유즈루는 카구야의 시선을 피하듯 고개를 돌렸다. 하지만 카구야는 유즈루의 얼굴을 양손으로 움켜잡았다.

"저기, 유즈루? 아까 두 자리 관용구를 쓰는 것까지 깜빡하며 귀엽기 그지없는 비명을 지른 사람은 대체 누구였을까~?"

카구야는 기뻐 죽겠다는 표정으로 입가를 히죽거리며 말했다.

"불명. 카구야가 무슨 소리를 하는 건지 모르겠어요."

"시치미 떼기는~. 무서웠으면 무서웠다고 말해도 돼~. 아무도 탓하지 않는다구~. 자, 유즈루~, 이실직고해~."

"거부. 놔주세요."

"솔직해지란 말이야~. 결국 살인귀는 가짜였잖아~."

카구야는 한동안 유즈루를 놀린 후, 만족한 것처럼 한숨을 내쉬었다.

그리고 뭔가를 떠올린 것처럼 눈을 크게 떴다.

"우후후후…… 아, 그런데 나와 시도가 침낭을 찾으러 갔을 때 창밖을 지나갔던 사람은 누구야? 그때는 미쿠와 나츠미도 아직 산장 안에 있었잖아."

"뭐?"

카구야의 물음에 코토리, 오리가미, 나츠미, 미쿠가 고개를 갸웃거렸다.

"창밖……?"

"나는 모르는 일이야."

"……나는 아니야."

"그게 무슨 소리예요~?"

그녀들의 반응에 환한 표정을 짓고 있던 카구야의 볼을 타고 땀 한 방울이 흘러내렸다.

"뭐…… 자, 잠깐만. 그럼, 그때 내가 본 건—."

그렇게 카구야가 말을 이으려던 순간—.

계단 쪽에서 끼익…… 하고 발소리가 들렸다.

"……윽?!"

카구야가 화들짝 놀라며 몸을 부르르 떨었다.

아니, 카구야 뿐만이 아니었다. 모두가 불온한 기척을 느꼈는지, 소리가 들린 쪽을 쳐다보았다.

끼익. 끼익. 끼익.

발소리가 점점 가까워지더니— 곧 발소리의 주인이 모습을 드러냈다.

그는— 온몸이 새빨간 피로 범벅이 되어 있었다.

"사, 살인귀다아아아아아아아앗!"

"끼야아아아아아아아아악!"

"말도 안 돼애애애애!"

정령들은 비명을 지르며 그대로 줄행랑을 쳤다.

"하암…… 응?"

토카는 졸린 눈을 비비며 몸을 일으키더니, 주위를 두리번거렸다.

아까 방에 홀로 남겨졌던 토카는 어느새 잠이 들고 말았다.

그리고 방금 잠에서 깬 그녀는 다른 이들의 목소리가 들려오는 아래층으로 내려갔는데…… 어찌된 영문인지 다들 토카를 보자마자 비명을 지르며 도망쳐버렸다.

"으음…… 다들 왜 저러는 것이지?"

토카는 가짜 피로 범벅이 된 볼을 긁적이면서 영문을 모르겠다는 듯이 고개를 갸웃거렸다.

정령 스노 워즈

SnowwarsSPIRIT

DATE A LIVE ENCORE 5

"─시도! 위험해!"

"……윽!"

시도는 코토리의 말을 듣자마자 머리를 방벽 뒤로 당겨 숙였다.

그 순간, 수많은 『탄환』이 방금까지 시도의 머리가 있던 장소를 가르고 지나 뒤편에 있는 벽에 두다다다다다닷! 하는 소리를 내며 작렬했다. 만약 시도가 머리를 숙이지 않았다면 지금쯤 그의 머리는 몸통으로부터 독립했을지도 모른다.

"고, 고마워. 덕분에 살았어, 코토리."

"조심해. 한순간이라도 방심하면 그대로 목숨을 잃을 수 있어. 그러니까 함부로 고개를 내밀지 마. 나츠미도 알았지?!"

"……으, 응. 안 내밀게. 절대 내밀지 않을 거야."

코토리의 당부에 얼굴이 새파랗게 질린 채 방벽 뒤에 숨어있던 나츠미가 어깨를 부르르 떨며 대답했다. 코토리가 저런 말을 하지 않더라도, 방벽 밖으로 얼굴을 내밀 생각이 눈곱만큼도 없는 듯한 눈치였다.

시도, 코토리, 나츠미, 세 사람은 현재 튼튼한 방벽 뒤편에 숨어서 겨우겨우 『적』의 공격을 피하고 있었다.

하지만 이대로 있다간 머지않아 당하고 말 것이다. 코토리도 그 사실을 알고 있는지 이를 꽉 물고 타개책을 찾기 위해 이마를 짚었다.

"코토리, 이대로 있다간 상황이 점점 악화될 거야. 내가 미끼가 될 테니까, 그 틈에 너희 둘은 앞으로 나아가."

"안 돼. 너무 위험해. 게다가 설령 그 작전이 성공하더라도 1, 2미터 정도 나아가봤자 이 상황을 뒤집을 수 없어. 뭔가―."

코토리가 말을 이으려던 순간, 두다다다다닷! 하는 소리가 울려 퍼지면서 시도 일행이 숨어있는 방벽이 희미하게 떨리기 시작했다.

"어, 어……?!"

"어이어이, 장난치는 거지? 설마……."

"……공격을 집중해서 우리를 이 방벽과 함께 날려버릴 생각인 거야……?!"

세 사람은 경악을 금치 못했다.

그렇다. 시도 일행이 계속 숨어 있는 바람에 초조해진

『적』이 이런 강행수단을 펼치기 시작한 것이다.

"코토리, 나츠미! 벽이 무너지기 전에 공격하자!"

"큭…… 어쩔 수 없네."

"마, 말도 안 돼, 진심이야……?"

시도의 외침에 코토리는 인상을 쓰면서, 그리고 나츠미는 덜덜 떨면서 대답했다. 시도는 긴장한 탓에 말라버린 목을 침으로 적시며,『탄환』을 손에 쥐었다.

그리고 언제든 벽 밖으로 뛰쳐나갈 수 있는 자세를 취하며 큰 목소리로 외쳤다.

"어이, 코토리!"

"시도, 왜?"

"……눈싸움이라는 게 원래 이런 놀이였어?!"

시도의 비통한 외침은 눈덩이가 폭풍우처럼 쏟아지며 내는 일제사격 소리에 가려지고 말았다.

그 날 아침. 시도를 깨운 것은 살이 에이는 듯한 추위였다.

복도에서 다급한 발소리가 들리나 싶더니, 그 뒤를 이어 방문이 활짝 열렸다. 그리고 다음 순간, 누군가가 시도가 덮고 있던 이불을 걷어버렸다.

"시도! 큰일 났다!"

"……우왓?!"

평온과 온난의 화신, 이불 신의 가호를 받으며 평온한 잠에 빠져 있던 시도는 갑작스러운 추위 때문에 온몸을 부르르 떨었다. 마치 태양 아래에 모습을 드러낸 흡혈귀, 혹은 뜨거운 아스팔트 위에서 버둥대는 지렁이라도 된 것만 같았다.

그렇게 침대 위에서 10여 초간 난리를 친 후, 시도는 그제야 눈을 비비면서 방에 들어온 방문자의 얼굴을 올려다보았다.

시도의 이불을 손에 쥔 채 서 있는 이는 그가 잘 아는 소녀였다. 칠흑빛 머리카락과 수정 같은 눈동자, 그리고 인형을 연상케 할 만큼 아름다운 얼굴을 지닌 그녀의 표정에는 희미하게 흥분이 어려 있었다.

"……토카, 왜 그래? 오늘은 꽤 일찍 일어났네."

"음!"

시도가 느릿느릿 몸을 일으키며 그렇게 말하자, 토카는 힘차게 고개를 끄덕이며 이 방의 커튼을 활짝 걷었다.

"시도, 이걸 봐라!"

"대체…… 뭘, 어ㅡ."

시도는 금세 토카의 의도를 눈치챘다.

창밖에 펼쳐진 텐구 시의 풍경.

그것이 어느새 은빛 세계로 변모해 있었던 것이다.

"흐음…… 꽤 춥다 했더니 눈이 내렸구나. 그건 그렇고 엄청 쌓였네."

"음! 다들 맨션 뒤뜰에서 눈사람을 만들고 있다! 시도도 빨리 와라!"

토카가 눈을 반짝이며 그렇게 말했다. 날씨가 이렇게 추운 데도 다들 기운이 넘쳤다. 시도는 무심코 쓴웃음을 지으며 대답했다.

"알았어. 옷 갈아입고 갈 테니까 먼저 가."

"음. 알았다!"

토카는 고개를 끄덕이고 활기차게 방을 나섰다. 그리고 몇 초 후, 시도의 여동생인 코토리의 방 쪽에서 문이 열리는 소리가 들리더니, 그 뒤를 이어「꺄아아앗!」하는 비명 소리가 들려왔다. 아무래도 토카는 시도만이 아니라 코토리도 깨우러 간 것 같았다.

그 소리를 들으며 어깨를 으쓱한 시도는 침대에서 나와 옷을 갈아입은 후, 방을 나섰다.

그러자 검은색 리본으로 머리카락을 묶은 소녀와 마주쳤다. 시도와 마찬가지로 토카에게 이불 님을 유괴당한 듯한 여동생, 이츠카 코토리였다.

"……시도, 좋은 아침."

"그래. 좋은 아침이야, 코토리."

시도가 인사를 건네자, 코토리는 졸리는지「하아아암」하고 하품을 했다.

"하아, 맨션에 사는 애들은 정말 기운이 넘치네. 스키 여행을 갔다 온지도 얼마 안 됐는데 말이야."

"맞아. ……하지만 설산에서 보는 눈과, 평소 자신이 살던 마을을 뒤덮은 눈은 다른 매력을 지닌 것 아니겠어?"

"……뭐, 이해가 안 되는 건 아냐. 그럼 가자. 그 애들을 기다리게 하는 것도 좀 그렇잖아."

"응. 맞아."

두 사람은 옷을 갈아입고 아침을 간단히 먹은 후, 그대로 밖으로 나갔다. 그리고 시도의 집 오른편— 정령들이 사는 맨션의 뒤편으로 향했다.

"어이, 토카~."

"오오, 둘 다 왔구나!"

시도가 손을 가볍게 들면서 그렇게 말하자, 커다란 눈덩이를 굴리던 토카가 그를 향해 고개를 돌렸다.

그리고 토카의 뒤편에서 눈사람을 꾸밀 나뭇가지를 모으고 있던 조그마한 소녀가 고개를 들었다.

"아…… 시도 씨, 코토리 씨."

『마침 잘 왔어~. 지금 머리를 도킹시키려던 참이거든~.』

소녀— 요시노와, 그녀가 왼손에 낀 토끼 퍼핏 인형 『요시농』이 입을 열었다.

그리고 뒤뜰 안쪽에서 눈사람을 만들고 있던 쌍둥이가 시도를 쳐다보며 입을 열었다.

"크큭, 나의 종복이여. 드디어 어둠의 꿈에서 깨어난 게냐.

이 세계는 백은(白銀)으로 가득 찼노라. 자, 광기어린 축제를 즐겨보자꾸나!"

"동의. 이런 날에 방에서 잠만 잘 수야 없죠."

야마이 카구야, 유즈루 자매는 그렇게 말하면서 주먹을 흔들었다. 참고로 유즈루가 손에 낀 것은 따뜻해 보이는 벙어리 장갑이며, 카구야는 손가락 끝이 드러나는 가죽제 장갑을 끼고 있었다. 둘 다 눈을 만지는데 적합해 보이지는 않았다.

"……어, 어라? 그런데 나츠미는—."

시도는 말을 잇다가 그대로 멈췄다. 요시노의 뒤편에서 추운지 어깨를 매만지고 있는 조그마한 그림자가 눈에 들어왔기 때문이다.

"……존재감 없다는 소리를 그렇게 돌려서 하지 말아줄래?"

나츠미는 그렇게 말하며 우울한 눈빛으로 시도를 쳐다보았다. 시도는 식은땀을 흘리며 쓴웃음을 지었다.

"아, 그, 그런 뜻으로 한 말은 아닌데……."

시도가 뒤통수를 긁적이며 난처한 표정을 짓는 그때, 토카가 갑자기 「다 됐다!」 하고 외쳤다.

"그럼 머리를 얹겠다! ……에잇!"

토카는 자기가 굴리던 눈덩이를 안아들더니, 미리 만들어둔 몸통 위에 그것을 얹었다.

그 후, 요시노가 모아뒀던 나뭇가지와 솔방울, 장갑 같은 것으로 눈사람을 꾸몄다. 불만 섞인 눈길로 시도를 쳐다보던 나츠미 또한 요시노를 도왔다.

몇 분 후, 멋진 눈사람이 완성됐다.

"오오, 대단한걸."

"꽤 귀여운 눈사람이네."

"그렇지?! 우리가 힘을 합쳐 만들었다!"

시도와 코토리가 그렇게 말하자, 토카는 의기양양해 하며 가슴을 폈다. 그 모습을 본 요시노도 허리에 손을 댔다. 그 뒤를 이어 나츠미도 약간 부끄러워하면서 요시노를 따라했다.

"홋, 꽤 잘 만들었구나. 우리 야마이의 눈사람 『케니히 슈니 영식(霙式)』에게 버금가는 완성도이지 않느냐."

"긍정. 귀여워요. ……자, 이제 뭘 하면서 놀까요. 모처럼 시도와 코토리도 와줬으니, 다함께 할 수 있는 놀이를 하고 싶어요."

"으음…… 그럼 눈집을 만들거나, 아니면 눈싸움이라도 할까?"

"눈집?"

"눈싸움?"

시도의 제안에 요시노와 토카가 동시에 고개를 갸웃거렸다.

"눈집이라는 건 간단히 말해 눈으로 만든 집이야. 눈을 쌓은 다음, 그 안을 파내는 거지. 눈으로 되어 있지만 내부는 꽤 따뜻해."

"……."

그 말을 듣고 귀를 쫑긋 세운 이가 있었다. 바로 나츠미였다. 언제나 텐션이 낮던 그녀답지 않은 반응이지만…… 아마 눈으로 된 좁은 공간이라는 것이 그녀의 마음을 자극한 것이리라.

"그리고 눈싸움이라는 건 팀을 나눠서 서로에게 눈덩이를 던지는 놀이야. 눈덩이에 맞으면 지는 거지."

"호오. 싸움— 즉, 전쟁인 게냐? 그 말을 듣고 가만히 있을 수야 없지."

"동의. 피가 끓어요."

"아, 전쟁처럼 흉흉한 건 아닌데……."

시도가 쓴웃음을 지으며 그렇게 말했지만, 두 사람은 그 말이 들리지 않는 것 같았다.

게다가 야마이 자매만이 아니었다. 토카도 처음 듣는 놀이에 관심을 보였고, 요시노 또한 「눈을 던진다」라는 점에 흥미가 가는지 눈을 반짝이고 있었다. 정령들 중에서는 코토리와 나츠미만이 내키지 않는 표정을 짓고 있었다.

"하아…… 어쩔 수 없네."

"……나는 눈집이나 만들고 싶은데……."

하지만 저렇게 흥미가 동한 정령들을 말릴 방법이 없다는 것은 두 사람 다 잘 알고 있는 것 같았다. 두 사람은 체념하듯 한숨을 내쉬었다.

"좋아. 그럼 눈싸움이라는 것을 해보자! 눈덩이를 뭉쳐서 서로에게 던지기만 하면 되는 거지?"

"—물러."

바로 그때였다.

토카가 그렇게 말한 순간, 뒤편에서 그런 목소리가 들려왔다.

고개를 돌려보니, 그곳에는 두 소녀가 서 있었다. 한 명은 고급스러운 코트를 걸친 키가 큰 소녀, 이자요이 미쿠였다. 그리고 다른 한 사람은 흰색 위장복 차림의 호리호리한 소녀, 토비이치 오리가미였다. 아무래도 오리가미가 방금 그 말을 한 것 같았다.

"아, 미쿠. 오리가미. 너희도 왔구나."

"예~. 아까 카구야 양한테서 러브콜을 받았어요~."

"뭐?! 아니거든?! 구풍의 왕녀가 보내는 소환장이라고 했잖아!"

"구풍의 왕녀한테서 소환장(은어)을 받았어요~."

"소환장 뒤에 (은어)라고 붙이지 말아줄래?!"

카구야는 미쿠의 말을 듣고 그대로 소리를 질렀다.

한편, 카구야의 옆에 서있던 유즈루는 오리가미를 향해 말했다.

"확인. 그것보다 마스터 오리가미. 무르다는 게 무슨 소리죠?"

"말 그대로의 의미야. 너희는 눈싸움의 심오함을 눈곱만큼도 이해하지 못했어."

"심오함……?"

시도가 되묻자, 오리가미는 고개를 끄덕였다.

"그래. 눈싸움은 국제 룰도 존재하는 엄연한 경기야. 팀 인원, 코트의 크기, 눈덩이의 크기 등, 세세한 규정이 존재해."

"그랬구나. 그러고 보니 나도 자세한 룰은 모르네……."

"내가 전부 파악하고 있으니까 걱정하지 마."

오리가미는 그렇게 말하면서 정령들과 맨션의 뒤뜰을 둘러보았다.

"하지만 이 인원과 환경으로 공식 룰에 따른 시합을 하는 건 무리야. 그러니 OO식 룰을 채용할게."
^{더블오}

"OO식……?"

"OO."
^{오리링 오리지널}

"불안하기 그지없거든?!"

시도가 비명에 가까운 목소리로 그렇게 외쳤지만, 오리가미는 들은 척도 하지 않았다.

"우리는 총 아홉 명이니까, 변칙적으로 세 명씩 팀을 짜는 배틀 로열 방식으로 하겠어. 그럼 가위 바위 보로 팀을 짜자."

오리가미가 오른손을 치켜들었다. 그러자 다른 이들도 덩달아 손을 들었다.

"""가위 바위…… 보!"""

그리고 한 목소리로 그렇게 외친 그들은 각자의 생각에 따라 변형시킨 손을 앞으로 내밀었다.

"―바위 팀은 나와 유즈루, 미쿠. 가위 팀은 토카, 요시노, 카구야. 그리고 보 팀은 시도와 코토리, 나츠미야."

오리가미는 다른 이들의 손을 쳐다보며 그렇게 말했다.

시도는 그 말을 듣고 무심코 쓴웃음을 지었다.

……가위 바위 보로 정한 것이기는 하지만…… 왠지 팀이 불공평하게 편성된 것 같은 느낌이 들었다. 게다가 시도의 팀에는 눈싸움에 적극적이지 않은 멤버들이 전부 모여 있었다.

시도가 어떤 생각을 하고 있는지 눈치챈 나츠미가 삐친 듯한 눈길로 그를 쳐다보며 입을 열었다.

"……흐, 흥. 나와 한 팀이 되기 싫으면 싫다고 딱 잘라 말해."

"아무도 그런 말 안 했다고……."

시도가 나츠미를 달래듯 그렇게 말하는데, 옆에서 그 광경을 지켜보던 코토리가 어깨를 으쓱하며 작은 목소리로 말했다.

"하지만 어찌 보면 잘 된 걸지도 몰라. 일찌감치 탈락해서, 남은 두 팀이 승부하게 해주자."

"……찬성이야. 아픈 건 싫거든."

나츠미는 코토리의 말에 퉁명스러운 목소리로 동의했다.

"어, 어이…… 너희 심정은 이해하지만, 그래도 기왕이면 즐겁게……."

시도가 두 사람을 향해 그렇게 입을 연 순간, 오리가미가 룰을 설명하기 시작했다.

"—그럼 지금부터 30분 동안 각자의 진지에 눈덩이를 막기 위한 방벽을 만들어. 그리고 각 팀은 진지 가장 안쪽에 깃발을 설치해. 패배 조건은 팀 멤버 전원이 눈덩이에 맞거나, 혹은 깃발을 빼앗기는 거야."

오리가미는 시도를 힐끔 쳐다보며 말을 이었다.

"—그리고 눈덩이에 맞은 선수는 탈락이지만, 그 팀이 다른 팀의 깃발을 탈취했을 경우, 보너스로 부활할 수 있어."

"호오, 그럼 대담하게 공세에 나설 수도 있겠구나."

"그리고 깃발을 빼앗긴 팀은 빼앗은 팀에게 병합되고, 아직 눈덩이에 맞지 않은 멤버는 이긴 팀의 일원으로서 전투에 참가해야 해."

"흠흠……. 그건 꽤 중요한 룰 같구나. 상대를 한 명도 탈락시키지 않고 깃발을 빼앗는다면 병력이 두 배가 되는 건가."

"그리고 최종적으로 승리한 팀은 상으로 패배한 팀의 멤버에게 명령을 내릴 수 있어."

"……뭐?!"

오리가미가 태연한 목소리로 그런 룰을 추가하자, 시도는 당황하고 말았다.

"자, 잠깐만! 그게 무슨 소리야?! 그런 룰은 처음 듣는다고!"

"그래서 지금 설명하는 거야. 문제될 건 없어."

오리가미가 그렇게 말하자, 그녀의 팀 멤버인 유즈루와 미쿠가 씨익 웃었다.

"긍정. 맞아요. 문제될 것 없어요."

"우후후~ 어떤 명령을 내릴까요~. 벌써부터 고민되네요~."

미쿠는 그렇게 말하면서 시도, 코토리, 나츠미를 핥아 내리듯이 쳐다보더니, 혀로 입술을 핥았다. 그런 미쿠를 본 세 사람은 몸을 부르르 떨었다.

"어, 어이, 너희도 룰이 이상하다고 생각하지?!"

시도는 애절한 목소리로 토카, 요시노, 카구야 팀에게 호소했다. 이럴 때는 다수결이다. 수적 열세에 처한다면 강행하지 못하리라.

하지만 토카는 영문을 모르겠다는 듯이 고개를 갸웃거렸다.

"음? 즉, 내가 이긴다면 오늘 저녁에 시도에게 내가 먹고 싶은 걸 만들어달라고 할 수 있는 거지?"

"기대……돼요."

"크크큭! 상관없다! 어차피 우리가 이길 테니까 말이다! 시도여, 졌을 때의 일을 생각하는 건 망자들이나 할 짓이니라. 삶이란 앞을 바라보며 나아가는 것이노라!"

"아, 아니, 내 말은……!"

"—그럼 시작. 튼튼한 방벽을 만든 자가 승리를 거머쥘 거야."

시도가 토카 일행에게 오리가미의 속셈을 설명하려고 한 순간이었다. 그녀는 그의 말을 끊듯 박수를 치며 그렇게 말했다. 그러자 토카 팀은 「오~!」 하고 힘차게 외치며 자신의 진지에 눈을 쌓기 시작했다.

"큭……!"

이렇게 되면 그녀들을 막는 것은 불가능하다. 시도는 그 사실을 알기에 인상을 찡그렸다.

시도의 뒤편에서 그 광경을 지켜본 코토리와 나츠미는 불안 섞인 목소리로 말했다.

"큰일 났네……."

"어, 어떻게 하지……?"

"……."

시도는 두 사람을 향해 돌아선 후 힘차게 주먹을 말아 쥐었다.

"……방법은 하나뿐이야. 우리가 이길 수밖에 없어."

"……아까 그런 멋들어진 소리를 늘어놓지 않았어?!"

눈싸움 시작 직후, 기관총 일제사격처럼 쏟아지는 눈덩이의 격류로부터 몸을 숨긴 코토리가 비명에 가까운 목소리로 그렇게 외쳤다.

"어, 어쩔 수 없잖아! 이정도로 엄청날 줄은 생각도 못했다고……!"

시도 일행의 보 팀『팀 5·7·5』는 시합이 시작된 후로 계속 초기 위치인 방벽 뒤편에서 꼼짝도 하지 못했다. 몇 번 공격을 시도해보기는 했지만, 그때마다 새하얀 탄환에 저지당하고 만 것이다.

하지만 시도 일행만 그런 것은 아니었다. 왼쪽 진지인 바위 팀『토비이치 소대』도 비슷한 처지였다.

그렇다. 현재 압도적인 화력과 물량으로 전장을 지배하고 있는 이는 오른쪽 진지의 가위 팀『바이스 레기온』인 것이다.

"이 상황에서 뭘 어쩌라는 거냐고!"

인상을 찡그린 시도는 절망적인 심정에 사로잡힌 채 그렇게 외쳤다.

그도 그럴 것이, 『바이스 레기온』은 전위로 정령 제일의 완력을 자랑하는 토카, 중위로 뛰어난 스피드를 지닌 카구야를 배치해서 압도적인 화력과 넓은 사격 범위를 양립시켰다.

게다가 그게 다가 아니었다. 아무리 우수한 공격수가 있다고 해도 무기가 눈덩이인 이상, 탄수에는 한도가 있을 수밖에 없다. 공격을 중시하는 팀을 상대할 때는 바로 그 점을 노려야 한다.

하지만 『바이스 레기온』은 그렇지 않았다. 후위인 요시노가 엄청난 속도로 눈덩이를 만들어서, 선위와 숭위가 쉴 새

없이 공격을 펼칠 수 있게 했다.

"……저건 반칙 아냐? 『요시농』의 입을 통해 눈덩이가 무한 공급되고 있는 것 같은데……."

시도가 식은땀을 흘리며 그렇게 말하자, 코토리는 그와 비슷한 표정을 지으며 대답했다.

"……뭐, 한없이 반칙에 가깝기는 하지만, 이 상황에서 그걸 가지고 뭐라고 해봤자 씨알도 먹히지 않을 거야."

"아……."

시도와 코토리가 그런 이야기를 하고 있을 때, 전장에 변화가 발생했다.

지금까지 방어에 전념하고 있던 『토비이치 소대』의 방벽 안에서 유즈루와 미쿠가 튀어나온 것이다.

"등장. 카구야 팀이 멋대로 날뛰게 둘 수야 없죠."

"자~! 여러분의 미쿠가 왔어요~!"

유즈루는 멋진 포즈를, 그리고 미쿠는 귀여운 포즈를 취하며 그렇게 말했다. 마치 『바이스 레기온』을 도발하려는 것처럼 말이다.

"호오! 드디어 튀어나온 게냐, 유즈루! 기다리고 있었노라!"

카구야는 힘찬 목소리로 그렇게 말하며 유즈루를 향해 눈덩이를 힘차게 던졌다.

"회피. 훗―."

하지만 유즈루는 가벼운 몸놀림으로 자신을 향해 쏟아지

는 엄청난 양의 눈덩이를 멋지게 피했다. 옆돌기, 백 덤블링, 몸 비틀며 재주넘기 등, 멋진 몸놀림을 선보이면서 말이다.

유심히 보니 그녀는 공중에 살짝 떠 있었다. ……뭐, 카구야가 던진 눈덩이도 때때로 비상식적인 궤도를 그리고 있으니 피장파장인 것 같았다.

"저 애들은 정말…… 미세한 양이라고 해도 영력을 써가면서 눈싸움을 하다니……."

코토리는 인상을 찌그리며 이마를 짚었다.

한편, 토카는 그런 유즈루를 향해 눈덩이를 던지려고 했다. 하지만 바로 그때, 전장 한가운데에 서 있던 미쿠가 가슴을 폈다.

"우후후, 토카 양. 유즈루 양만 신경 쓰다간 큰일 날지도 몰라요~."

"음?"

토카는 그 말에 낚인 것처럼 미쿠를 쳐다보았다. 그러자 미쿠가 토카를 제지하듯 손을 활짝 펼쳤다.

"스톱. 잘 들어요, 토카 양. 저는 유즈루 양처럼 움직임이 잽싸지 않아요. 그리고 영장을 두르지 않은 상태에서 토카 양이 있는 힘껏 던진 눈덩이를 맞았다간 너무 아파서 울음을 터뜨리고 말겠죠. ─자, 그래도 눈덩이를 던질 건가요?"

"음……?"

토카는 영문을 모르겠다는 표정을 짓더니, 야구 선수처럼 몸을 크게 젖히면서 손에 쥔 눈덩이를 던졌다.

다음 순간, 콰앙! 하는 굉음이 울려 퍼졌다. 미쿠의 머리카락을 스치며 뒤편으로 날아간 눈덩이가 방벽에 꽂힌 것이다.

"히…… 히이이익?!"

미쿠는 한심한 비명을 지르더니, 그 자리에 무너지듯 주저앉았다.

그 광경을 본 나츠미의 얼굴이 새파랗게 질렸다.

"너, 너무 세잖아. 저런 걸 맞았다간 그대로 골로 갈지도 몰라……."

"마, 맞아……. 어, 어떻게 하지?"

"어머, 저걸 막을 방법이라면 있어."

나츠미와 시도의 말에 답하듯, 코토리가 입을 열었다.

"뭐? 어떻게 하면 되는데?"

"간단해. 우선 시도가 몸으로 토카가 던진 눈덩이를 있는 힘껏 막아내는 거야."

"『우선』이라는 단계에서 나는 탈락하는 거네."

"중요한 건 그 다음부터야. 시도의 혼은 탈락하지만, 몸은 벽이 되어 우리를 계속 지켜줄 거야."

"지나치게 비인도적인 것 같거든?!"

"농담이야."

시도의 절규에 코토리는 가볍게 손을 내저었다.

바로 그때, 아까 다리가 풀렸던 미쿠가 몸을 일으키더니 또 입을 열었다.

"토, 토카 양? 뭐하는 거죠?! 아까보다 더 셌잖아요!"

"음? 미쿠가 있는 힘껏 던지라고 했지 않느냐."

"사람 말 좀 똑바로 들으라고요~!"

"으음…… 그럼 뭘 어쩌라는 것이냐?"

"이럴 때는「큭…… 역시 무리다. 나는 미쿠를 다치게 할 수 없어……!」「괜찮아요, 토카 양. 상냥한 토카 양에게는 전장이 어울리지 않아요. 자, 제 품에 뛰어드세요……!」「아아, 미쿠……!」같은 대화가 오가야 해요~!"

"으, 으음……?"

미쿠의 말에 토카는 당혹스럽다는 듯이 미간을 찌푸렸다.

그런 그녀들을 옆에서 지켜보고 있던 나츠미가 게슴츠레한 눈빛을 띠며 말했다.

"……저기, 이건 기회 아닐까?"

"아……."

그 말에 코토리가 눈을 크게 뜨더니 미쿠를 향해 눈덩이를 던졌다.

토카를 향해 연설을 늘어놓던 미쿠의 머리에 눈덩이가 작렬했다.

"어? 아, 아아아아앗!"

미쿠가 자신의 이마에 손을 대고 그대로 힘없이 눈밭에 쓰러졌다. ……정말 허무한 결말이었다.

"뭐랄까……."

"……뭐, 미쿠다운 결말이긴 해."

시도와 코토리는 쓴웃음을 지었다.

"……하지만 우리한테 있어서는 나쁘지 않은 상황이야. 우리에게 있어 최악의 결말은 『토비이치 소대』가 승리하는 거야. 하지만 현재 우세한 건 『바이스 레기온』. 유즈루는 눈덩이를 요리조리 잘 피하고 있지만, 방어에 전념하고 있어. 이대로 토카네 팀이 밀어붙인다면……."

"아, 그, 그렇구나. 토카네 팀이 이긴다면 미쿠네 팀은 명령을 내릴 수 없어……!"

"바로 그거야. 그리고 토카네 팀의 명령이라고 해봤자, 오늘밤 메뉴를 자기들이 좋아하는 걸로 정하는 게 다겠지."

코토리는 식은땀을 흘리며 미소를 머금었다.

"……하지만 눈에 맞으면 아플 것 같으니까, 우리 팀의 깃발을 빼앗아줬으면 좋겠네."

"……으, 응. 동감이야."

나츠미는 코토리의 말에 동의한다는 듯이 고개를 끄덕였다.

확실히 코토리의 말이 옳았다. 시도 일행의 목적은 명령권을 손에 넣는 것이 아니라 『토비이치 소대』가 명령권을 차지하지 못하도록 저지하는 것이다. 그렇다면 『바이스 레기온』이 승리하면 된다.

바로 그때, 눈밭에 쓰러져 있던 미쿠가 불만 섞인 목소리로 입을 열었다.

"……어머~, 혹시 아무도 저를 도와주지 않는 건가요~? 키스로 잠자는 공주님을 깨울 분은 없는 건가요……?"

코토리는 그 말을 듣고 고개를 절레절레 저었다.

"……누가 그딴 짓을 하려고 전장 한복판에 뛰어들겠어. 그리고 빨리 피난하지 않으면 휘말릴지도 몰라~."

코토리가 그렇게 말한 순간, 유즈루가 몸을 회전시키면서 미쿠의 옆을 지나갔다. 그런 그녀를 쫓듯, 카구야가 던진 고속 눈덩이들이 두다다다닷 하는 소리를 내며 눈밭에 작렬했다.

"히익~!"

미쿠는 허둥지둥 몸을 일으키더니 그대로 전장 밖으로 도망쳤다.

"정말 한결같네……."

"하하……. 뭐, 미쿠답기는 하지만 말이야."

"……응?"

바로 그때였다. 방벽에 만들어둔 외부 감시용 구멍을 통해 밖을 쳐다보던 나츠미가 갑자기 그런 소리를 냈다.

"나츠미, 왜 그래? 무슨 일 있어?"

"……아, 저 눈사람 말이야. 아까는 다른 곳에 있지 않았어?"

"뭐?"

나츠미가 의아한 목소리로 그렇게 말하자, 시도는 눈썹을 살짝 찌푸렸다.

"오오오오오오오오오옷! 탄막은 파워어어어엇!"

토카는 뒤편에서 공급되는 눈덩이를 양손으로 쥐고 적진을 향해 힘껏 던졌다.

"크큭! 잘 한다, 토카! 바로 그거다! 우측 진지도, 좌측 진지도 꼼짝 못하는 것 같구나! 이대로 단숨에 밀어붙여서 결판을 내자꾸나!"

뒤편에 있는 카구야가 그렇게 말했다. 토카는 고개를 끄덕이며 대답했다.

"음! 그럼 오늘 저녁 반찬은 햄버그와 새우튀김 세트가 되는 거구나!"

"크크크…… 토카여, 무슨 소리를 하는 게냐! 우리가 손에 넣는 것은 절대적인 명령권이니라! 거기에 닭튀김을 추가하는 것 또한 가능하단 말이다……!"

"마, 맙소사……! 그건 완전 최강 아니냐?!"

"물론이지! 그러니 우리의 승리를 위해 더욱 밀어붙이거라!"

"음! 우오오오오오오옷!"

토카는 힘찬 목소리로 대답하고, 눈덩이를 더욱 세게 던졌다.

하지만—.

"음……?"

토카가 갑자기 손을 멈췄다. 눈덩이가 다 떨어진 것이다.

"요시노, 눈덩이가 다 떨어졌다. 빨리 만들어다오!"

그렇게 말하며 요시노 쪽을 쳐다본 토카의 눈썹이 희미하게 흔들렸다.

방금까지 쉴 새 없이 눈덩이를 공급해주던 요시노가 경악에 찬 표정으로 뒤편을 쳐다보고 있었던 것이다.

"아⋯⋯."

"요시노⋯⋯?"

토카는 영문을 모르겠다는 듯이 고개를 갸웃거리면서 요시노의 시선이 향하고 있는 곳을 쳐다보았고—.

"아니⋯⋯?!"

요시노와 마찬가지로 그 자리에서 딱딱하게 굳어버렸다.

하지만 토카가 그러는 것도 무리는 아니었다. 토카의 뒤편—『바이스 레기온』의 진지 안쪽에 그녀들의 깃발을 쥔 커다란 눈사람이 서있었던 것이다.

"저, 저 눈사람은 대체 뭐냐?!"

『우리가 만든 게 아냐~!』

다들 경악에 찬 표정을 짓고 있는데, 깃발을 쥔 눈사람이 희미하게 흔들리더니 이윽고 눈으로 된 머리의 일부분이 부서졌다.

그러자 그 안에서 눈에 익은 소녀의 얼굴이 드러났다.

"아니— 오리가미?!"

그렇다. 눈사람 안에 있는 사람은 바로 방금 전까지 토카 일행과 싸우고 있었던 토비이치 오리가미였다. 아무래도 사전에 만들어둔 눈사람 안에 들어가서 모습을 감춘 후, 토카 일행의 진지에 잠입한 것 같았다.

"너희의 화력은 확실히 위협적이야. 하지만 그 화력이 너희의 시야 또한 가렸고, 그 결과 내 잠입을 허용하고 말았어."

"큭······!"

"이, 이럴 수가······."

"아무튼, 깃발은 탈취했어. 『바이스 레기온』의 멤버는 아무도 눈에 맞지 않았으니까, 이제부터 너희 모두 『토비이치 소대』의 지시에 따르도록 해."

오리가미는 토카네 팀을 내려다보는 듯한 시선으로 쳐다보며 그렇게 말했다. ······뭐, 눈사람 안에 있기 때문에 그다지 폼은 나지 않았지만 말이다.

하지만 토카네 팀이 패배한 것은 엄연한 사실이었다. 토카는 분한 마음에 표정을 일그러뜨리고 그 자리에 주저앉아 팔짱을 꼈다.

"······쏴라. 졌으면서 꼴사납게 살아남을 생각은 없다."

카구야 또한 토카와 같은 뜻이라는 듯이 이렇게 말했다.

"말 한 번 잘했다, 토카. 과연 내 종복답구나. ······그리고 오리가미여, 중요한 점을 망각한 것 아니냐?"

"중요한 점?"

오리가미는 고개를 갸웃거렸다. 하지만 눈사람 안에 들어가 있는 탓에 머리를 거의 움직이지 못했다.

"그러하니라. 설령 우리가 그대의 휘하에 들어간들, 진정으로 그대의 의도에 따라 움직일 거라고 생각하는 게냐? 전장에서 가장 두려운 것은 강대한 적이 아니라 신용할 수 없는 동료이니라. 그대들도 등 뒤를 조심하면서 싸우고 싶지는 않을 터."

카구야는 그렇게 말한 후, 「크크큭……」하고 음흉한 웃음을 흘렸다. 카구야의 말을 완벽하게 이해한 것은 아니지만 토카 또한 그녀를 따라하듯 「크크큭」하고 음흉한 웃음을 흘렸다. 요시노는 난처한 표정을 지으면서 「……크, 크크큭……」하고 머뭇거리며 웃었다.

하지만 오리가미는 변함없는 표정으로 말을 이었다.

"그래? 그럼 이 자리에서 당신들을 처리할 수밖에 없겠네. 하지만 정말 그래도 괜찮겠어?"

"그게 무슨…… 소리죠?"

요시노의 물음에 오리가미는 차분한 시선으로 세 사람을 쳐다보았다.

"나는 룰을 설명하면서, 승리한 팀은 패배한 팀의 멤버에게 명령을 내릴 수 있다고 말했어. 그리고— 패배한 팀의 멤버 중 아직 눈에 맞지 않은 이들은 그대로 승리한 팀의 일원이 된다고도 말했지."

"그게 어쨌다는…… 앗?!"

카구야는 말을 이으려다 화들짝 놀라며 어깨를 부르르 떨었다.

"카구야, 왜 그러는 것이냐?"

"……즉, 오리가미는 자신의 동료가 된다면 우리에게도 시 도 일행에게의 명령권을 주겠다고 말하고 있는 것이니라."

"뭐, 뭐라고?"

토카는 미간을 찌푸리면서 오리가미를 쳐다보았다. 하지만 토카는 생각을 고쳐먹으려는 듯이 고개를 세차게 저었다.

"아…… 안 된다. 새우튀김과 닭튀김과 문어 모양 비엔나 토핑을 추가한 햄버그가 먹고 싶기는 하지만……."

『토카, 아까보다 토핑이 많아지지 않았어?』

『요시농』이 태클을 날렸지만, 토카는 개의치 않으며 말을 이었다.

"먹고 싶지만, 그렇다고 해서 그런 짓을 할 수는 없다. 그 리고 그랬다간 시도네 팀이 너무 불리하지 않느냐."

"그 룰에 동의한 건 바로 너희야."

"으…… 으윽……."

오리가미의 말을 듣고 말문이 막힌 토카는 표정을 굳히면 서 팔짱을 꼈다. 대수롭지 않게 여겼던 룰이 이런 식으로 자신들의 발목을 잡을 거라고는 생각도 못했다.

토카가 고민에 잠기자, 오리가미는 휴우 하고 한숨을 내쉬었다.

"—이대로 더 시간을 끌었다간 『팀 5·7·5』에게 반격할 기회를 주고 말 거야. 참전할 생각이 없다면 됐어. 우리끼리 결판을 내면 돼."

"음……."

"하지만 그렇게 할 경우, 새우튀김과 닭튀김과 문어 모양 비엔나와 게살 크림 크로켓 토핑을 추가한 햄버그는 포기해 줘야겠어."

"뭐?!"

토카는 오리가미의 말을 듣고 무심코 숨을 삼켰다.

"게, 게살 크리이이임……?"

그 환상적인 단어를 들은 순간, 토카는 현기증이 날 것만 같았다. 하지만 화들짝 놀라며 정신을 차리더니 고개를 세차게 저었다.

"하, 하지만, 말이다……."

"무리할 필요는 없어. 하지만 아쉽겠네. 새우튀김과 닭튀김과 문어 모양 비엔나와 게살 크림 크로켓 토핑을 추가한 치즈 햄버그 리필 무제한의 기회를 날리게 됐으니 말이야."

"……으윽?!"

치즈 햄버그. 그런 것도 존재하는 건가. 게다가 리필 무제한인 것이다. 토카는 눈앞이 빙빙 도는 느낌을 받았다.

"토, 토카 씨……!"

"적의 감언이설에 놀아나선 안 되느니라!"

요시노와 카구야가 옆에서 뭐라고 외쳐댔다. 하지만 오리가미는 그런 두 사람의 귀에 입을 대더니, 귓속말을 했다.

그러자 다음 순간, 두 사람의 얼굴이 새빨개졌다.

"어……? 예……?"

"거, 거짓말…… 그런 것까지……?"

요시노와 카구야가 당황한 목소리로 그렇게 묻자, 오리가미는 천천히 고개를 끄덕였다.

그리고 그녀는 『팀 5·7·5』의 진지를 손가락으로 가리키며 차분한 목소리로 선언했다.

"―전투를 재개하자."

"""……"""

토카와 요시노와 카구야는 서로를 쳐다본 후, 「으음……」하고 낮은 신음을 흘렸다.

"……대체 뭐가 어떻게 된 거야? 공격이 멎은 것 같은데……."

코토리는 그렇게 말하며 방벽 가장자리로 이동했다.

"어이, 코토리. 위험하니까 관둬. 어쩌면―."

"나도 알아."

방벽 가장자리로 간 코토리는 그렇게 말하면서 왼손에 낀 장갑을 벗어 방벽 밖으로 내밀어 흔들어봤다. 어쩌면 토카네 팀이 자신들을 방심시키기 위해 일부러 공격을 하지 않는 것일지도 모르는 것이다.

하지만 『바이스 레기온』은 전혀 공격해오지 않았다.

"……잠잠하네."

"……응."

코토리와 시도는 의아한 눈길로 서로를 쳐다보았다.

요시노와 『요시농』의 작전에 따라, 일단 공격을 중단해서 시도 일행을 유인……할 가능성이 없지는 않았다. 하지만 토카와 카구야의 성격과 반응속도를 고려해보면, 코토리의 페인트에 아무런 반응도 보이지 않을 가능성은 적었다.

"대체 뭐가 어떻게 된 걸까? 눈덩이가 바닥났을 리는 없는데……."

"……앗?!"

시도와 코토리가 미심쩍어하고 있을 때, 갑자기 외부 감시용 구멍을 통해 밖을 쳐다보던 나츠미가 경악했다.

"왜 그래? 나츠미, 무슨 일이야?"

"마, 맙소사…… 토카네 팀이 깃발을 빼앗겼어!"

"뭐……?!"

"정말이야?! 어떻게 된 거야?!"

시도와 코토리는 나츠미의 말을 듣고 화들짝 놀라 방벽 밖으로 얼굴을 내밀어 『바이스 레기온』의 진지를 쳐다보았다.

그러자 손발이 달린 눈사람— 아니, 눈사람 안에 있는 오리가미가 눈 더미 위에 세워둔 『바이스 레기온』의 깃발을 쥐고 있는 광경이 눈에 들어왔다.

"오, 오리가미?!"

시도는 경악에 찬 목소리로 그렇게 외쳤다. 하지만 시도와 코토리는 금세 사태를 파악했다. 아마 오리가미는 눈사람으로 변장한 후, 『바이스 레기온』의 멤버를 한 명도 탈락시키지 않고 깃발을 탈취한 것이리라.

"잠깐…… 그렇다면……"

나츠미는 어떤 사실을 눈치챘는지 떨리는 목소리로 그렇게 입을 열었다.

토카 일행은 오리가미와 잠시 이야기를 나누더니, 다시 아까와 같은 위치에 서서 눈덩이를 손에 쥐었다.

"우왓!"

"히익—?!"

시도와 코토리는 숨을 삼키며 입에 거품을 물고 방벽 뒤로 허둥지둥 숨었다. 다음 순간, 방금까지 중단됐던 공격이 다시 시작됐다.

"큭…… 그래. 아무도 탈락하지 않고 깃발을 빼앗았으니, 토카네 팀 전원이 오리가미의 팀에 들어갔겠구나."

"……아하. 오리가미는 처음부터 그걸 노린 거네……!"

이츠카 남매가 인상을 쓰며 이를 갈고 있을 때, 구멍을 통해 밖을 쳐다보던 나츠미가 외쳤다.

"앗……! 오리가미가 눈사람에서 빠져나와 자기 진지로 돌아가고 있어!"

"큭, 협공할 생각인가? 그럼 이 틈에 오리가미만이라도……!"

"진정해! 토카와 카구야의 포격을 한 방도 맞지 않고 오리가미에게 눈덩이를 맞추는 건 불가능하단 말이야!"

"큭…… 하지만 이대로 있다간……!"

그러는 사이, 지금까지 침묵을 지키고 있던 왼쪽 진지— 『토비이치 소대』 쪽에서도 눈덩이가 날아오기 시작했다. 아마 오리가미가 귀환하자, 본격적으로 시도의 팀을 해치우기로 작정한 것이리라.

물론 『바이스 레기온』처럼 물량과 위력이 뛰어나지는 않지만, 억지로 돌파하려고 했다간 새하얀 악마의 먹잇감이 되고 말 것이다.

"투척. 결판을 내겠어요."

"달리이이이잉! 코토리 야아아아앙! 나츠미 야아아아앙! 잠시만 기다리세요오오오! 곧 여러분이 모르는 세계로 안내해드릴게요오오오!"

눈덩이가 바람을 가르는 소리와 함께 유즈루와 미쿠의 목소리가 들려왔다. 그녀들의 말을 들은 나츠미가 어깨를 부르르 떨었다.

이대로 있다간 곧 방벽이 무너지면서 시도 일행이 일망타

진당하고 말 것이다. 그렇기 되기 전에 손을 써야만 한다.

"생각해…… 생각하는 거야! 분명 방법이 있을 거라고……!"

"하지만…… 그렇게 간단히 뒤집을 수 있을 만한 상황은 아냐."

시도의 말에 코토리는 표정을 굳히며 입을 열었다.

"……좌우에서 끊임없이 공격을 해오는 탓에 공격은 고사하고 꼼짝도 할 수 없는 상황이야. 게다가 더 문제인 건 상대방은 우리의 깃발을 빼앗을 생각이 없다는 거야."

"우…… 우리 셋 다 눈덩이로 탈락시키려는 거야?"

"그래. 우리가 이길 방법이라고는 깃발을 빼앗기 위해 다가오는 적에게 눈덩이를 맞추는 것뿐이지만…… 『바이스 레기온』을 병합한 오리가미네 팀은 그런 위험을 감수할 생각이 없을 거야. ……우리가 파고들 포인트를 하나하나 막아버리는 게, 정말 오리가미답네."

"맙소사…… 그럼 이대로 벽이 무너질 때까지 기다리는 수밖에 없는 거야?"

나츠미가 비통함으로 가득 찬 표정을 지으며 가녀린 목소리로 그렇게 말했다. 하지만 시도는 그 말을 부정하려는 것처럼 주먹을 말아 쥐었다.

"포기하지 마……! 아직 끝나지 않았어! 그래……. 오리가미처럼 우리도 눈사람으로 변장한 후에 잠입하는 건 어떨까?"

시도의 제안에 코토리는 가늘게 한숨을 내쉬면서 고개를

저었다.

"무리야. 오리가미처럼 방벽을 준비하는 동시에 눈사람을 만들었다면 몰라도, 이제 와서 눈사람을 만드는 건 불가능해. ……게다가 오리가미가 자기가 써먹은 수법에 걸려들 거라고 생각해?"

"크윽……. 그, 그럼 지면에 쌓인 눈을 파면서 이동하는 건……."

"……그건 더 현실적이지 않아. 아무리 예년에 비해 눈이 많이 쌓였다고 해도 이 정도 적설량으로는 몸을 숨길 수 없어. 눈 위를 기면서 이동하다간 표적이 될 뿐이야."

"크, 크윽……."

시도는 이마를 손으로 짚으며 낮은 신음을 흘렸다.

바로 그 순간—

"꺄아앗!"

쉴 새 없이 날아오는 눈덩이 공격을 막아내던 방벽의 일부가 드디어 무너졌다. 그리고 무너진 방벽 뒤편에 있던 나츠미가 허둥지둥 아직 멀쩡한 방벽 뒤에 숨었다.

"큭…… 방벽도 이제 한계네."

코토리는 그렇게 말하면서 날카로운 시선을 머금더니, 미리 만들어둔 눈덩이를 쥐었다.

"—어쩔 수 없어. 시도, 나츠미. 최후의 수단을 쓰자."

"최후의 수단……? 혹시 생각해둔 작전이 있는 거야?"

"응. 아마 성공률은 시도가 내놓은 작전의 열 배는 될 거야."

코토리는 자신만만한 미소를 머금었다. 시도와 나츠미는 「오오」 하고 탄성을 지르며 눈을 크게 떴다.

"뭘 하면 되는데?"

"간단해. 눈덩이를 손에 쥐고 벽 뒤편에서 뛰쳐나간 후, 날아오는 공격을 피하면서 적에게 눈덩이를 맞추는 거야. 우리 셋이 한 명씩 해치우면 『토비이치 소대』의 진지는 텅 빌 테니까, 그 후에 토카네 팀의 공격을 피하면서 깃발을 탈취하면 우리가 이겨."

코토리는 그렇게 말하면서 손에 쥔 눈덩이를 던지는 시늉을 했다.

그 말을 들은 시도와 나츠미의 볼을 타고 땀이 흘러내렸다.

"……으음."

"그게, 작전이야……?"

"응. 성공률이 0.1퍼센트는 될 걸?"

"어, 그럼 내 작전의 성공률은 0.01퍼센트였던 거야?"

"평가가 너무 후하지? 나, 오빠한테는 정말 물러 터졌다니깐."

"……."

시도는 인상을 찡그렸지만 아무 말도 하지 못했다. 왠지 쓸데없는 소리를 했다간 평가가 더 나빠질 것 같은데다— 무엇보다 그런 소리를 할 여유는 이제 없었기 때문이다.

『바이스 레기온』의 기관총 같은 공격이 『팀 5·7·5』의 방벽을 계속 파괴했다. 이제 방벽은 시도와 코토리, 나츠미가 겨우겨우 몸을 숨길 수 있을 정도로 작아졌다. 방벽이 또 무너진 순간이 바로 시도의 팀이 패배하는 순간일 것이다.

"좋아……! 이판사판이야. 해보자고!"

시도는 각오를 다지듯 숨을 고른 후 눈덩이를 손에 쥐었다. 그리고 날카로운 눈빛으로 눈덩이가 닿을 면적을 최대한 줄이려는 듯이 몸을 앞으로 숙였다.

"그래. 이렇게 됐으니 최후의 발악이라도 해보자."

코토리도 동의하듯 고개를 끄덕이고는 시도와 같은 방향 — 적진을 바라보았다. 그곳은 이자요이 미쿠, 야마이 유즈루, 그리고 토비이치 오리가미가 지키고 있는 난공불락의 성이었다.

시도와 코토리는 서로를 쳐다본 후, 동시에 고개를 끄덕였다.

그렇게 두 사람이 지면을 박차기 직전—.

"……저기, 말이야."

나츠미가 우물쭈물하면서 손을 들었다.

"응? 나츠미, 무슨 일이야?"

"기, 기왕 이렇게 됐으니 한 번 시도라도 해보고 싶은 게 있다고나 할까……."

"뭐?! 좋은 작전이라도 생각난 거야?"

"……아, 저기, 작전이라고 할 만한 건 아니지만……
아…… 역시 됐어. 신경쓰지 마……."

나츠미는 시도와 코토리에게 주목을 받자, 기어들어가는
목소리로 그렇게 말하면서 몸을 움츠렸다. 그러자 코토리는
안달이 난 것처럼 머리를 거칠게 긁적이며 말했다.

"어차피 이대로 있다간 질 거야. 뭐든 좋으니까 말해봐."

"……그, 그러니까……."

코토리의 재촉에 나츠미는 머뭇거리면서 이야기를 시작했다.

"……."

오리가미는 눈덩이 맹공에 의해 점점 작아지고 있는 『팀
5·7·5』의 방벽을 쳐다보면서 아무 말 없이 한숨을 내쉬었다.

전황은 오리가미의 예측대로 흘러가고 있었다. 적어도 현
재 시점에서 오리가미의 예상을 벗어나는 사태는 벌어지지
않았다. 그야말로 순조로웠다.

"감탄. 전부 마스터 오리가미의 작전대로 되어가고 있군요."

"우후후~ 역시 대단해요~. 이제 저희가 이긴 거나 다름
없어요~!"

유즈루, 그리고 오리가미가 깃발을 탈취한 덕분에 부활한
미쿠가 눈덩이를 던지면서 그렇게 말했다. 오리가미는 살며
시 고개를 끄덕이며 말했다.

"그래. 하지만 뜻밖의 사태라는 건 이럴 때 발생해. 마지막까지 절대 방심하지 마."

오리가미의 말에 다른 두 사람은 고개를 끄덕였다.

"라져. 마지막까지 긴장을 풀지 않겠어요."

"물론이죠~. 저희가 승리하면 달링, 코토리 양, 나츠미 양 풀코스를 즐길 수 있으니까요~. 후후, 우후후후후……."

"우려. 그런 생각을 한다는 것 자체가 방심했다는 증거예요, 미쿠."

유즈루는 도끼눈을 뜨면서 미쿠를 쳐다보았다.

그리고 바로 이때를 기다린 것처럼— 전황에 변화가 발생했다.

원래 크기의 3분의 1 정도로 작아진 『팀 5·7·5』의 방벽 좌우에서 누군가가 튀어나온 것이다.

아무래도 벽이 더는 버티지 못할 거라고 판단한 시도의 팀이 최후의 돌격 작전을 감행한 것 같았다.

"……아! 유즈루, 미쿠."

하지만 오리가미는 이 사태 또한 예측했다. 오리가미는 눈덩이를 손에 쥐고 유즈루와 미쿠에게 지시를 내렸다.

"반응. 접근을 허락하지 않겠어요."

"확 맞춰버릴게요~!"

유즈루와 미쿠는 그렇게 대답하면서 더욱 많은 눈덩이를 던졌다.

하지만 아무리 유리한 상황일지라도 움직이는 표적에게 눈덩이를 정확하게 명중시키는 것은 매우 어려웠다. 유즈루와 미쿠 또한 아직 감을 잡지 못했는지 시도 일행에게 눈덩이를 맞추지 못했다.

"받아라……!"

시도는 그 틈을 이용해 팔을 크게 젖히더니, 오리가미를 향해 쥐고 있던 눈덩이를 집어던졌다.

하지만 수적 열세를 뒤집는 것은 무리였다. 시도는 눈덩이를 던진 직후, 『바이스 레기온』 멤버들에게 집중포화를 당하고 눈밭에 쓰러지고 말았다.

"꺄앗!"

시도와 함께 방벽에서 뛰쳐나왔던 코토리도 들고 있던 눈덩이를 던지기는 했지만, 곧 눈덩이에 맞고 탈락했다.

하지만 시도가 던진 눈덩이는 아직 살아 있었다. 던져진 눈덩이는 그것을 던진 선수가 탈락하더라도, 지면에 떨어질 때까지 효력이 있었다. 즉, 아무리 시도를 탈락시켰다고 해도, 오리가미가 저 눈덩이에 맞는다면 탈락하고 마는 것이다.

"……윽!"

오리가미는 작게 숨을 삼키면서 몸을 젖혔다.

마치 자신의 주위만 시간이 천천히 흐르는 듯한 느낌이 들었다. 시도가 던진 눈덩이는 오리가미의 코 앞 몇 센티미터를 가르고 지나갔다.

"……."

오리가미는 아무 말 없이 몸을 다시 원래대로 세우고 지면에 쓰러진 시도를 쳐다보았다. 눈 범벅이 된 시도는 분통을 터뜨리면서도 왠지 개운한 표정을 짓고 있었다.

"……말도 안 돼. 방금 그걸 피한 거야? 진짜 대단하네."

"내가 아니었다면— 아니, 나, 토카, 카구야, 유즈루 이외의 다른 누군가였다면 피하지 못했을 거야. 그리고 눈덩이라면 요시노도 피할 수 있을지도 몰라."

"……하아, 피할 수 있는 사람이 꽤 많네."

오리가미가 솔직하게 말하자, 시도는 고개를 푹 숙였다.

"낙담하지 마. 방금 움직임은 정말 괜찮았어."

"하하……. 빈말이라도 그런 소리를 들으니 기쁘네."

"빈말 아냐. 끝내주는 움직임이라 흥분됐어. 그대로 가버릴 뻔 했다니깐."

"꼭 그런 표현을 써야겠어?!"

시도가 비명에 가까운 목소리로 그렇게 외쳤다. 하지만 오리가미는 개의치 않으며 말을 이었다.

"하지만 결과는 달라지지 않았어. 이번 승부의 승자는 우리야."

오리가미가 그렇게 말하자, 시도는 지면에 쓰러진 채 한숨을 내쉬었다.

"그런 소리를 하기에는 아직 이르지 않아? 잘 봐. 나는 당했지만, 아직 우리 팀은 지지 않았다고."

"……."

오리가미는 주위를 힐끔 쳐다보았다. 시도와 마찬가지로 눈덩이를 맞은 코토리가 어깨를 움켜잡은 채 몸을 일으켰지만…… 확실히 시도가 말한 것처럼 나머지 한 명의 모습이 보이지 않았다. 아마 아직 방벽 뒤편에 숨어 있을 것이다.

"룰에 입각해 판단하자면 아직 결판은 나지 않았어. 하지만 그녀 혼자서 이 상황을 뒤집는 건 불가능해."

"……그렇게 생각해? 진짜로?"

시도는 그렇게 말하며 자신만만한 미소를 지었다. 누가 봐도 허세였다.

"……."

하지만 왜일까. 오리가미는 마음속이 술렁거렸다. 뭔가를 놓치고 있는 듯한 느낌이 들었다. 하지만 그게 무엇인지 짐작조차 되지 않았다.

그렇게 오리가미가 생각에 잠겨 있을 때, 시도가 씨익 웃으면서 말했다.

"오리가미. 너라면— 분명 아까 그 눈덩이를 피할 거라고 믿었다고."

"……윽?!"

오리가미는 어깨를 부르르 떨면서 뒤편을 돌아보았다.

그러자 그곳에는—.

"……기, 깃발, 탈취……."

마치 멀미라도 난 것처럼 비틀거리면서도, 오리가미의 뒤편에 있던 『토비이치 소대』의 깃발을 손에 쥔 나츠미의 모습이 눈에 들어왔다.

이렇게 3팀 대항 눈싸움은 『팀 5·7·5』의 승리로 막을 내렸다.

세 개의 진지에 흩어져 있던 정령들은 한 자리에 모인 후, 승리한 이들을 축하하듯 박수를 쳤다.

"나츠미! 잘 했어!"

시도는 몸에 묻은 눈을 털어내면서 나츠미에게 다가가 그녀의 머리를 거칠게 쓰다듬었다.

그러자 여전히 얼굴이 새파란 나츠미가 그만하라는 듯이 시도의 손을 쳐냈다.

"그…… 그만해. 지금 어지러우니까 머리 흔들지 마……."

"아, 미, 미안해."

시도는 손을 치우면서 멋쩍은 듯이 쓴웃음을 지었다.

나츠미가 이러는 것도 무리는 아니었다. 나츠미는 아까 눈덩이로 변해서 시도에게 던져졌던 것이다.

변신능력을 지닌 정령인 나츠미이기에 가능한, 그야말로 말도 안 되는 작전이었다. 시도와 코토리도 나츠미가 이 작전을 제안했을 때 깜짝 놀랐지만…… 그녀는 멋지게 자신의 임무를 완수한 것이다.

"정말, 무리한다니깐. 잘 풀려서 다행이기는 하지만……."

나츠미에게 다가간 코토리는 어깨를 으쓱하며 한숨을 내쉬었다.

"……이렇게라도 하지 않으면 이길 수 없을 것 같았어. 하지만…… 확실히 무리하긴 했어. 맞아. 잘못했습니다. 확 죽어버릴게요."

"칭찬 인식 센서가 고장 난 거 아냐?!"

자신이 칭찬 삼아 한 말을 듣고 나츠미가 점점 가라앉자, 코토리는 새된 목소리로 그렇게 외쳤다.

바로 그때, 토카가 불현듯 뭔가가 생각난 것처럼 눈을 동그랗게 떴다.

"그런데 시도, 이렇게 되면 상품은 어떻게 되는 것이냐? 평소에도 시도가 저녁 식사 메뉴를 정했지 않느냐."

"저기, 상품은 저녁 메뉴 결정권이 아니었는데……."

시도는 쓴웃음을 지으며 볼을 긁적였다.

"……."

그 순간 오리가미가 입고 있던 옷을 아무 말 없이 벗기 시

작했다.

"어?! 오리가미, 뭐하는 거야?!"

"……응? 시도의 명령을 수행할 준비를 하고 있어."

"그런 명령을 내릴 생각은 없거든?!"

"……그럼 대체 어떤 하드 코어한 명령을 내릴 거야?"

오리가미가 영문을 모르겠다는 듯이 고개를 갸웃거렸다. 시도는 한숨을 내쉬며 오리가미에게 다시 옷을 입혀준 후 입을 열었다.

"딱히 너희에게 명령을 내릴 생각은 없어. 굳이 명령을 내려야 한다면…… 다들 앞으로도 사이좋게 지낼 것! 이상!"

시도가 그렇게 외치자, 코토리는 그 말에 동의한다는 듯이 고개를 끄덕였다.

"나도 시도와 같은 명령으로 할래."

"그럼……."

이제 이 자리에 있는 이들의 시선은 승리 팀의 마지막 멤버이자, 최대 공로자이기도 한 나츠미를 향했다.

나츠미는 남들의 시선을 받는데 익숙하지 않기에 온몸을 부르르 떨었다.

"……아, 그럼 나도 너희와 같은 명령……."

그렇게 말을 하던 나츠미가 뭔가가 퍼뜩 생각난 것처럼 말을 멈췄다.

"……응? 나츠미, 왜 그래?"

"혹시 명령하고 싶은 게 있으면 얼마든지 말해보거라."

"……아, 딱히 명령은 아닌데……."

나츠미는 한동안 망설인 후, 퉁명한 목소리로 말했다.

"……눈집."

"뭐?"

"……눈집에 들어가 보고 싶어."

"""……"""

다들 그 말을 듣고 잠시 멍한 표정을 지었지만, 곧 씨익 웃으며 고개를 끄덕였다.

"좋아, 그럼 눈집을 만들어볼까!"

"응. 승자의 명령은 절대적이니까 말이야."

"이의는 없어. 패자는 승자의 명령에 따를 뿐이야."

"오오! 눈집을 만드는 것이냐?! 그럼 다 함께 들어갈 수 있도록 크게 만들자."

"히, 힘낼……게요!"

"크큭! 좋다. 야마이의 축성(築城) 기술을 보여주겠노라!"

"동의. 삽을 가져올게요."

"꺄아~! 나츠미 양, 귀여워요오오오오! 눈집이 완성되면 좁은 공간을 이용해서 이자요이 식 부비부비 놀이를 해요오오오!"

"……아, 명령을 추가할게. 미쿠는 눈집에 들어오지 마."

"Whyyyyy?! 이유가 뭐예요, 나츠미 야아아아아아아앙?!"

미쿠의 비명과 다른 이들의 웃음소리가 맨션의 뒤뜰에서 메아리쳤다.

정령 다크 매터

DarkmatterSPIRIT

DATE A LIVE ENCORE 5

"시도! 놀러왔다!"

어느 추운 겨울 날. 이츠카 시도가 자택의 거실에서 느긋하게 쉬고 있을 때, 복도 쪽에서 리드미컬한 발소리가 들리더니 곧 힘차게 문이 열렸다.

"응? 아, 토카구나."

그 목소리의 주인은 시도의 집 옆에 있는 맨션에 사는 정령, 야토가미 토카였다. 칠흑색을 띤 긴 머리카락을 휘날리며 나타난 그녀는 수정 같은 두 눈동자를 반짝이며 활기찬 목소리로 그렇게 인사했다.

시도는 몸을 비틀면서 그녀를 향해 고개를 돌린 후 손을 가볍게 흔들었다.

"마침 잘 왔어. 방금 설치가 끝났거든."

"설치? 대체 뭘……."

토카는 눈을 동그랗게 뜨면서 놀란 표정을 지었다. 그리고 뚫어져라 거실— 정확하게는 거실 중앙에 있는 테이블 같은 것을 처다보았다.

"으음, 이게 무엇이냐? 평소에 놓여있던 테이블과는 좀 다르게 생겼구나."

토카가 그 말을 하기만 기다린 것처럼, 그녀의 뒤편에서 조그마한 체구를 지닌 두 소녀, 그리고 얼굴이 똑같이 생긴 두 소녀가 고개를 쏙 내밀었다.

그녀들은 바로 요시노와 나츠미, 그리고 야마이 카구야, 유즈루 자매였다. 아무래도 토카와 함께 맨션에서 온 것 같았다.

"토카 양…… 왜 그러세요?"

"……거기 서 있으면 우리는 안이 보이지 않는다구."

요시노와 나츠미가 그렇게 말하자, 토카는 「아, 미안하다」라고 말하며 옆으로 비켜섰다.

그러자 거실에 놓여 있는 것을 본 야마이 자매가 눈을 크게 떴다.

"호오? 저것은 혹한의 땅에 우뚝 솟은 불꽃의 성!"

"긍정. 명칭은— 코타츠, 였을 거예요."

"코타츠?"

토카는 의아하다는 듯이 고개를 갸웃거렸다. 시도는 고개를 끄덕이더니, 코타츠를 가볍게 두드리며 보충설명을 했다.

"응. 간단하게 말해 테이블과 이불을 합체시킨 거야. 안에 히터가 있는데, 이불이 내부의 온기를 가두는 거지."

"으…… 음?"

토카는 이해가 되지 않는 것처럼 미간을 찌푸렸다. 그러자 시도의 여동생이자 한발 먼저 코타츠 안에 들어가 있던 코토리가 입에 문 막대사탕의 막대를 까딱거리면서 말했다.

"일단 너희도 들어와. 정말 따뜻해~."

코토리는 그렇게 말하며 코타츠에 엎드렸다. 그런 그녀는 마치 연체동물 혹은 갓 찧은 떡을 연상케 했지만…… 왠지 그 점을 지적했다간 그녀가 사령관 모드로 변신할 것 같았기에 말은 하지 않았다.

"흠…… 그럼 들어가 볼까?"

"예……!"

『오~!』

토카의 말에 답하듯, 요시노, 그리고 그녀가 왼손에 낀 토끼 모양 퍼핏 인형 『요시농』이 손을 치켜들었다. 다른 정령들도 고개를 끄덕이더니 코타츠를 두들겨보거나 이불을 젖히면서 안으로 들어갔다.

그러자—.

"오오……?!"

"이, 이건……!"

정령들은 깜짝 놀란 것처럼 눈을 크게 떴다. 토카와 요시노는 물론이고 코타츠에 대해 알고 있어 보였던 야마이 자매 또한 충격을 받은 것처럼 목소리가 떨렸다.

"으음…… 오호라. 이건 냉난방기나 스토브와는 다른 정취를 지녔구나."

"따뜻……해요."

"음……. 이건 지모신(地母神)의 품에 안긴 듯한, 영혼을 구제하는 니르바나…….""

"지적. 카구야가 무슨 소리를 하는 건지 도통 모르겠어요."

정령들은 그렇게 말하면서 코타츠를 즐겼다. 시도와 코토리는 그 모습을 보면서 미소를 머금었다.

"아하하, 꽤 괜찮지? 겨울에는 역시 코타츠가 최고라니깐."

"맞아~. 다른 애들도 올 것 같아서 큼지막한 걸 준비하길 잘했— 어?"

그때, 코토리가 갑자기 말을 멈추더니, 주위를 두리번거렸다.

"코토리, 왜 그래?"

"아…… 나츠미의 모습이 보이지 않아서 말이야. 아까까지 여기 있었잖아?"

"그러고 보니…… 대체 어디에…… 어, 우왓?!"

시도는 코토리와 마찬가지로 주위를 두리번거리다 무심코 비명을 질렀다.

그 이유는 단순했다. 어느새 코타츠 안에 쏙 들어간 나츠미가 거북이나 달팽이처럼 얼굴만 이불 밖으로 쏙 내민 것이다.

"좋아…… 이거…… 왠지, 편안해……."

그리고 볼을 붉힌 나츠미는 황홀한 표정을 지으며 그렇게 중얼거렸다. 아무래도 코타츠가 정말 마음에 든 것 같았다.

마치 이 코타츠와 하나가 된 듯한…… 아니, 원래부터 이런 형태의 생물이었던 것 같은 생각마저 들게 하는 그 광경을 본 시도는 무심코 쓴웃음을 지었다.

바로 그때였다.

"앗~!"

정령들이 행복한 표정으로 코타츠를 만끽하고 있을 때, 또다시 거실 입구 쪽에서 목소리가 들렸다.

시도가 그쪽을 향해 고개를 돌려보니, 키가 큰 소녀와 인형처럼 무표정한 소녀가 눈에 들어왔다. 그녀들은 시내에 있는 자택에 거주하고 있는 정령, 미쿠와 오리가미였다. 아무래도 맨션에 사는 정령들이 코타츠 안에서 행복해 하는 사이, 그녀들은 시도의 집에 들어온 것 같았다.

"아, 어서 와."

시도는 두 사람을 보고 식은땀을 흘리며 가볍게 손을 들었다.

오리가미는 시도를 지그시 쳐다보기만 했지만…… 문제는 바로 미쿠였다. 그녀는 손을 부들부들 떨면서 환희와 흥분, 그리고 욕망이 1:2:7 정도의 비율로 뒤섞인 듯한 표정을 짓더니, 코타츠 안에 있는 정령들을 주시했다.

"코, 코타츠에 모여든 미소녀 도감……! 끄, 끝내줘요……. 너무 끝내줘서 미칠 것 같아요……."

미쿠는 감격한 목소리로 그렇게 중얼거리더니, 「에잇!」 하고 외치며 바닥을 박찬 후, 다른 정령들과 마찬가지로 코타츠 안으로 다이빙했다.

아니…… 마찬가지, 라는 표현에는 어폐가 있을 것 같았다. 미쿠는 풀장에 뛰어드는 것처럼 머리를 코타츠 안에 집어넣은 것이다.

그리고 상반신이 코타츠인 여자 코타츠 귀신 상태가 되더니, 평형을 하듯 다리를 꿈틀거렸다. 곧 이불 안에서 낮은 웃음소리가 흘러나왔다.

『스읍, 하아, 스으으으읍…… 하아아아아……! 정말 끝내주네요……. 이상향은 바로 여기에 있었어요! 유토피아…… 미쿠 유토피아!』

"꺄앗!"

다음 순간, 코타츠 달팽이가 되어 있던 나츠미가 새된 비명을 지르며 밖으로 뛰쳐나왔다. 그리고 거실 구석으로 가더니 화난 고양이 같은 표정으로 코타츠를 노려보았다. 그런 그녀를 유심히 쳐다보니, 어찌된 영문인지 양말 한 짝을 벗고 있었다.

"아앙, 너무해요~."

나츠미가 방금까지 있던 곳에서 미쿠가 고개를 쏙 내밀었다.

뭐랄까…… 여전했다. 시도는 아하하 하고 쓴웃음을 짓고 는 무릎을 짚으며 몸을 일으켰다.

"음? 시도, 어디 가는 것이냐?"

"아, 시장 보러 갈까 해서 말이야. 다들 저녁 먹고 갈 거지?"

시도의 물음에 토카는 눈을 반짝이며 대답했다.

"물론이다! 그런데 시도, 오늘은 뭘 만들 것이냐?"

"으음, 글쎄. 기왕 코타츠를 꺼냈으니 전골 요리는 어때? 오늘은 춥기도 하니까 말이야."

시도가 그렇게 말하자, 정령들은 환성을 질렀다.

"음, 그게 좋겠다! 벌써부터 기대되는구나!"

"하지만 전골 요리는 종류가 많잖아~. 뭘 만들 거야? 개 인적으로는 샤브샤브에 한 표 던질래~."

코토리는 코타츠에 엎드린 채 그렇게 말했다. 그 뒤를 이 어 다른 이들도 손을 들며 입을 열었다.

"어, 리퀘스트해도 되는 건가요? 그럼 저는 두유전골이 먹 고 싶어요~."

"저, 저는…… 백숙이 좋을 것 같아요."

『요시농은 토끼 전골~! 농담이야~! 아하하~!』

"크크큭…… 나에게 어울리는 것은 열화처럼 활활 타오르 는 진홍빛 연옥(煉獄)!"

"번역. 카구야는 찌개가 먹고 싶다는 것 같아요."

"키리탄포#4."

"……그것보다 미쿠. 이제 그만 양말을 돌려줄래?"

다들 그렇게 먹고 싶은 전골을 말했다. 시도는 그녀들을 말리듯 손바닥을 펼치며 입을 열었다.

"어이, 그걸 전부 다 만드는 건 무리야. 딱 하나만 정해."

"으음~ 알았어~."

시도의 말에 코토리는 몸을 일으킨 후, 코타츠에서 다리가 빠져나오지 않을 만큼만 몸을 쭉 내밀면서 근처에 있는 선반을 향해 손을 뻗었다. ……하지만 아슬아슬하게 손이 닿지 않았다. 보다 못한 시도가 거기에 있던 메모장과 펜을 코토리에게 건네줬다.

"고마워. 오빠~."

"그것보다…… 뭘 하려는 거야?"

"아, 기왕 이렇게 된 거 다들 먹고 싶은 걸 하나씩 적은 후에 제비뽑기를 할까 해서 말이야. 그러면 공평하잖아?"

코토리는 그렇게 말하면서 메모장을 찢은 후, 다른 이들에게 나눠줬다. 정령들은 고개를 끄덕이더니 차례대로 종이에 먹고 싶은 요리를 적었다.

그리고 코토리는 그 종이를 모아서 섞은 후, 코타츠 안에 집어넣었다.

"잠깐, 그 안에 넣는 거야?!"

#4 키리탄포(切りたんぽ) 반쯤 으깬 밥과 닭고기 및 채소를 넣고 끓인 일본 향토 요리.

"괜찮지 않아? 다른 게 들어있는 것도 아니잖아. 자, 빨리 뽑아."

"하아, 알았어……"

시도는 코타츠 안에 손을 집어넣고 그 안에 있던 종이 중에서 하나를 뽑으려 했다. 하지만 바로 그 순간—.

"아앙, 달링~. 어디를 만지는 거예요~?"

머리와 다리 끝만 코타츠 밖으로 내민 상태였던 미쿠가 볼을 붉히면서 몸을 배배 꼬았다.

"""……윽?!"""

정령들은 화들짝 놀라면서 어깨를 부르르 떨었다. 시도도 허둥지둥 고개를 저으며 외쳤다.

"자, 잠깐만! 나는 아무 데도 안 만졌다고!"

"우후후~. 달링~, 부끄러워할 필요 없어요~."

"오해 살만한 소리 좀 하지 말아줄래?!"

"……! 시도, 이번에는 내가 코타츠 안에 들어가 있을 테니 한 번 더 해."

"오리가미는 왜 옷의 단추를 풀면서 그런 소리를 하는 거야?!"

시도는 비명에 가까운 목소리로 그렇게 소리를 지르더니, 종이 중 하나를 재빨리 골라 쥐며 손을 뺐다.

그리고 가슴을 진정시키려는 것처럼 심호흡을 한 후, 종이에 적힌 글자를 쳐다보았다.

"으음, 그럼 오늘 저녁 메뉴는……."

종이를 본 시도는 눈썹을 찌푸렸다. 왜냐하면 그 종이에 적혀 있는 것은—.

"……야미나베(暗鍋)?"

시도가 그렇게 말한 순간, 카구야의 눈이 반짝였다.

"야미……나베? 호오…… 처음 듣는 명칭이지만, 이 몸의 흥미를 끄는 이름이구나."

"야미나베…… 그게 뭐지?"

토카가 고개를 갸웃거리면서 물었다. 그러자 시도는 볼을 붉적이며 입을 열었다.

"으음…… 간단하게 말하자면 안에 뭐가 들었는지 알 수 없는 전골이야. 다들 자기가 좋아하는 재료를 가지고 와서, 방의 불을 끈 다음에 일제히 냄비에 넣어서 끓이는 거지."

"호오! 그거 재미있겠구나!"

토카는 시도의 설명을 듣고 눈을 반짝였다. 시도는 식은 땀을 흘리면서 쓴웃음을 지었다.

"뭐, 재미는 있을지도 모르지만…… 맛은 보장 못해. 그리고 대체 누가 이걸 쓴 거야? 아까 물어봤을 때는 야미나베의 야 자도 안 나왔는데…… 다시 뽑을까?"

시도는 그 종이를 코타츠 위에 올려놓고 다시 이불 안으로 손을 집어넣으려고 했다.

하지만 정령들은 그런 그를 말리듯 고개를 저었다.

"나는 그 야미나베라는 걸 해보고 싶다!"

"동의. 흥미가 생겼어요."

"괜찮네요~. 해볼까요? 아, 속이 좋지 않은 분은 말하세요~. 제가 간호해드릴게요~."

"자기 그릇에 담은 것은 반드시 입에 넣어야 한다는 게 야미나베의 절대적 룰이야."

"……"

약간의 불안을 느끼면서도 관심을 보이고 있는 그녀들의 마음에 찬물을 끼얹는 것도 좀 그렇다고 생각한 시도는 하아 하고 한숨을 내쉰 후, 어깨를 으쓱이며 미소 지었다.

"어쩔 수 없지. 그럼 다 같이 해보자. ……아, 그래도 냄비에는 사람이 먹을 수 있는 것만 넣어. 자기가 먹을 수 있다는 걸 잊지 말라고."

"""오~!"""

시도의 말에 호응하듯, 정령들은 힘차게 손을 치켜들었다.

—그리고, 밤이 되었다.

시도의 집 거실에는 시장을 보고 온 정령들이 모여 있었다.

다들 각자가 고른 식재료가 든 비닐 봉투를 손에 쥔 채 저녁 식사가 시작되기만을 기다리고 있었다. ……뭐, 나츠미

처럼 그다지 내키지 않는 표정을 짓고 있는 정령도 없지는
않지만 말이다.

이미 코타츠 위에는 휴대용 쿠킹히터와 육수가 담긴 냄비
가 놓여 있었다. 이제 식재료만 투입하면 되는 것이다. 시도
가 다른 이들을 둘러본 후, 방 입구에 있는 형광등 스위치
에 손을 댔다.

"……좋아. 그럼 슬슬 시작하자. 다들, 내가 불을 끄면 준
비해온 식재료를 냄비에 넣어. 불을 끄면 주위가 잘 보이지
않으니까, 지금 냄비의 위치를 확인해두도록 해."

"음!"

"알았어."

정령들은 고개를 끄덕였다. 시도는 그들을 둘러본 후, 스
위치를 눌렀다.

참고로 그 순간, 카구야는 화려한 몸놀림을 선보이며—

"하앗! 세계여, 어둠에 물들어라! 암야극흑충(闇夜極黑衝)!"

—하고 외쳤다. 그와 동시에 불이 꺼지자, 토카와 요시노
는 깜짝 놀란 것 같았다. 두 사람의 반응에 카구야는 즐거
워했다.

"자…… 그럼 재료를 넣자."

시도가 자기 자리로 돌아와서 그렇게 말하자, 코타츠 위에
서 첨벙첨벙 하는 소리가 들렸다.

"—음. 시도, 다 넣었다."

"그래? 그럼 나도 넣어볼까."

시도는 손으로 주위를 더듬거려서 자신의 비닐봉투를 찾은 후, 안에 들어있던 재료를 냄비에 집어넣었다.

참고로 시도가 준비한 것은 전골의 단골손님이라 할 수 있는 배추와 돼지고기였다. 야미나베의 콘셉트에서 꽤 벗어난 재료지만…… 오늘의 목적은 괴식을 만드는 게 아니다. 시도 본인도 먹어야 하니, 가능하면 모험은 하고 싶지 않았다.

……바로 그때였다.

"우왓?!"

재료를 다 넣은 시도가 무심코 비명을 질렀다.

이유는 단순했다. 어둠속에서 누군가가 시도의 엉덩이를 쓰다듬은 것이다.

"음? 시도. 뭘 하는 것이냐?"

토카는 영문을 모르겠다는 목소리로 그렇게 물었다. 시도는 도끼눈을 뜨면서 한숨을 내쉬었다.

"……오리가미. 자기 자리로 돌아가."

시도의 말에 어둠 속에서 뭔가가 꿈틀거리는 기척이 느껴졌다.

"어떻게 알았어? 혹시 사랑의 힘?"

"어둠을 틈 타 이런 짓을 할 사람은 너 뿐이잖아!"

"시도는 이렇게나 나를 믿어주는 구나. 기뻐."

"제발 부탁이니까, 내 발언을 의도적으로 곡해하지 마.

……하아, 그럼 쿠킹히터를 켤게."

또 한숨을 내쉰 시도는 그렇게 말하면서 쿠킹히터의 스위치를 눌렀다.

그리고 십여 분이 흘렀다.

부글부글 하는 소리를 내면서 향긋한 냄새가 거실 안에 감돌았다.

"오오…… 맛있는 냄새가 나는구나!"

"그래. 야미나베니까 말도 안 되는 괴식을 먹게 될까 싶어서 걱정했는데, 의외로 맛이 나쁘지 않을 것 같네~."

토카와 코토리가 그렇게 말했다. 불을 꺼뒀기 때문에 두 사람의 표정은 보이지 않았지만, 시도는 기뻐하는 그녀들의 모습을 쉬이 상상할 수 있었다.

"자…… 그럼 슬슬 먹자. 누구부터 먹기로 했었지?"

"아, 저……예요."

시도의 말에 요시노가 머뭇거리며 답했다.

"요시노구나. 어두우니까 조심해."

"예……!"

『좋아. 그럼 요시노. 시작하자~. 국자는…… 아, 여기 있네.』

어둠속에서 식기가 부딪히는 소리와 국자가 육수 안에 들어가는 소리— 그리고 요시노가 뭔가를 입김으로 식히는 소리가 들렸다.

"으음…… 우물우물……."

"……요, 요시노, 어때? 이상한 거면 그냥 퉤~ 해도 돼."

나츠미는 요시노가 걱정되는지 그렇게 말했다. 하지만 요시노는 그대로 입안에 있는 것을 삼키더니, 휴우 하고 숨을 내쉬었다.

"괜찮아요……. 삶은 달걀이었어요. 육수가 스며들어서 맛있었어요."

요시노의 말에 코토리가 「오!」 하고 탄성을 터뜨렸다.

"내가 준비한 재료네! 당첨~!"

코토리는 그렇게 말하면서 박수를 쳤다.

시도는 휴우 하고 안도의 한숨을 내쉬었다. 아무래도 코토리 또한 지나치게 기발한 재료를 준비하지는 않은 것 같았다.

뭐, 어쩌면 그게 당연한 걸지도 모른다. 코토리는 〈라타토스크〉의 사령관이다. 정령들에게 이상한 걸 먹였다가 그녀들의 정신상태가 흐트러지기라도 하면 큰일일 테니 말이다.

"으음, 그럼 다음은……."

"나야."

그 다음으로 오리가미의 목소리가 들려왔다. 그리고 냄비 안의 재료를 국자로 옮겨 담는 소리, 그리고 뭔가를 씹는 소리가 들렸다.

"질문. 마스터 오리가미, 방금 먹은 게 뭔가요?"

"……토마토 같아."

오리가미는 유즈루의 질문에 담담하게 대답했다. 그 뒤를 이어 미쿠의 목소리가 들렸다.

"아, 그건 제가 준비한 거예요~. 토마토 전골이라는 것도 있다는 이야기를 들었거든요~. 어떤가요~?"

"나쁘지 않아."

오리가미는 그렇게 말하면서 자기 그릇에 담은 음식을 다 먹은 후, 식기를 내려놓았다.

이렇게, 이츠카 가의 정령 야미나베는 뜻밖에도 평화롭게 막이 올랐다.

오리가미의 뒤를 이어 다른 이들도 냄비 안에 들어있는 재료를 먹었지만, 말도 안 되는 먹거리가 들어있지는 않은 것 같았다. 확실히 전골이라는 요리와 어울리지 않는 재료도 들어있기는 했지만, 오이나 사과 같은 것인지라 그냥 웃으며 넘길 수 있는 수준이었다. 그들은 화기애애하게 이 특이한 야미나베 파티를 즐겼다.

"그럼, 다음은―."

"나다! 기다리느라 지쳤다!"

토카는 시도의 말을 끊으며 힘찬 목소리로 그렇게 말했다. 그와 동시에 커다란 꼬르륵 소리가 주위에 울려 퍼졌다. 아무래도 토카는 이 순간을 꽤나 기다린 것 같았다.

"아하하……. 그랬구나. 자, 먹어."

"음!"

토카는 힘차게 대답을 하고, 자기 그릇에 담은 음식을 호쾌하게 입안에 집어넣었다.

"으음, 우물우물……."

"토카 씨, 어때……요?"

"뭐가 들어있었어~?"

정령들은 토카가 먹은 재료에 관심을 보였다. 그러자 토카는 입안에 있는 것을 씹으면서 대답했다.

"음, 이건 아마 물만두…… 우읍?!"

하지만 다음 순간, 토카가 목이 멘 듯한 반응을 보이면서 그대로 뒤편으로 풀썩 쓰러졌다.

"토, 토카?!"

"꺄아~! 괜찮으세요~?!"

뜻밖의 사태가 벌어지자 이츠카 가의 거실이 시끌벅적해졌다. 시도는 어둠속에서 손으로 주위를 더듬으며 토카에게 다가가 그녀의 어깨를 흔들었다.

"어, 어이, 토카……?"

"으…… 으윽……."

시도의 부름에 토카는 고통스러워하듯 신음을 흘렸다. 아무래도 식재료 때문에 목이 멘 것 같지는 않았다. 시도는 일단 안도의 한숨을 내쉬었다.

"일단…… 괜찮은 것 같네."

"그, 그래……. 그런데 뭐가 어떻게 된 거지? 설마……."

시도는 말도 안 되는 상상을 했다.

그렇다. 지금 그들이 하고 있는 것은 야미나베다. 안에 무엇이 들어있는지 알 수 없는 지옥의 전골을 먹고 있는 것이다.

혹시 토카가— 먹은 사람이 기절할 만큼 강렬한 『대박』 먹거리에 당첨된 건 아닐까…… 하는 생각이 든 것이다.

다들 같은 생각을 하는 것 같았다. 그들은 믿기지 않는다는 목소리로 말했다.

"거, 거짓말…… 다른 사람도 아니고 **바로 그 토카가**……?!"

"전율. 도저히 믿기지 않아요. ……**바로 그 토카가**……."

"**바로 그 토카** 양이 쓰러지다니…… 혹시, 독을 먹은 걸까요~?! 고래도 한 방울로 저 세상에 보내버릴 수 있는 독 같은 거요~!"

……말이 좀 심한 느낌이 들었다.

하지만 그녀들의 심정도 이해는 되었다. 범상치 않은 먹성과 위장을 지닌 토카를 기절시키다니, 대체—.

"윽……?!"

그렇게 시도가 생각에 잠겨 있는데, 갑자기 코토리가 비명을 질렀다.

"코토리, 왜 그래?"

"이, 이거…… 토카가 썼던 그릇 맞지? 냄새 좀 맡아봐……."

"뭐? 아, 알았어……."

시도는 코토리의 목소리가 들리는 곳을 향해 얼굴을 내밀었고—.

"으윽······?!"

그녀와 마찬가지로 비명을 질렀다.

하지만 시도가 그러는 것도 무리는 아니었다. 토카가 사용한 그릇에서는 정체불명의 악취가 풍겨 나오고 있었던 것이다.

"이, 이게 대체 뭐지······."

시도가 코를 막으며 그렇게 말하자, 오리가미로 추정되는 실루엣이 다가왔다. 그리고 그 그릇을 향해 얼굴을 내밀고 냄새를 맡았다.

"······이 냄새. 예전에 맡아본 적 있어. 아마 수르스트뢰밍일 거야."

"수르······ 그 유명한 악취 통조림 말이야?"

"그래. 하지만 그것만 있는 게 아냐. 그 외에도 다른 악취 성분이 있어. 그것들을 복잡하게 뒤섞어서 엄청난 흉기로 변모시킨 게 분명해."

"하, 하지만 왜 다른 애들은 이 악취를 눈치채지 못한 거야?"

"······아."

시도의 말을 듣고 반응을 보인 사람은 오리가미가 아니라 나츠미였다.

"나츠미, 왜 그래?"

"······아, 저기, 별건 아닌데······ 토카가 쓰러지기 전에 물만두라고 말하지 않았어?"

나츠미가 그렇게 말하자, 시도는 어깨를 부르르 떨었다.

"설마 만두피로 감싸서 먹기 전까지는 눈치채지 못하게 한 거야? 대체 누가 그렇게 손이 많이 가는 짓을⋯⋯."

시도의 말에 거실에 있던 정령들이 술렁댔다. 아무래도 다들 짐작 가는 데가 없는 것 같았다.

"⋯⋯어떻게 된 거지?"

시도는 미간을 찌푸렸다. 이 야미나베는 방금 시도와 정령들이 만든 것이며, 재료 또한 그들이 준비한 것이다. 그들이 준비한 재료가 정체불명의 화학반응을 일으켜서 새로운 물질로 변모한 게 아니라면, 토카가 먹은 악취 덩어리 또한 이 자리에 있는 이들 중 누군가가 집어넣은 것이리라.

하지만 아무도 자백하지 않았다.

거짓말⋯⋯을 하고 있는 것은 아니리라. 만약 누군가가 장난삼아 그런 것을 준비했더라도, 토카가 기절하는 모습을 보고도 계속 시치미를 떼지는 않을 거라고 시도는 생각했다.

⋯⋯뭐, 예전의 오리가미라면 그런 짓을 할지도 모르지만, 정령들과 사이가 양호해진 지금의 그녀가 이런 무모한 짓을 벌일 리가 없다.

"⋯⋯어쩌면 위험한 게 더 있을지도 몰라. 일단 불을 켜고 확인해보자. 괜찮지?"

시도가 그렇게 말하자, 정령들은 일제히 동의했다.

"아, 예⋯⋯!"

"좋다. 불을 켜는 것을 허락하노라."

시도는 그녀들의 말에 답하듯 고개를 끄덕인 후, 자리에서 일어나 거실 입구로 갔다. 그리고 스위치를 찾은 후, 딸깍 하는 소리를 내며 그것을 눌렀다.

하지만—.

"어라⋯⋯?"

분명 스위치를 눌렀는데도 거실은 여전히 어두웠다. 시도는 의아해하면서 몇 번이나 스위치를 눌렀지만, 결과는 마찬가지였다.

"오빠, 뭐하는 거야~. 빨리 불 켜~."

"으, 응⋯⋯. 이상하네. 설마 전류 차단기가—."

바로 그때였다.

시도는 말을 이으려다 멈췄다. 이유는 단순했다. 귓가에서 들려오는 작지만 명확한 웃음소리를 들었기 때문이다.

그렇다—.

"—키히히, 히히."

그, 귀에 익은 웃음소리가 말이다.

"아니⋯⋯?!"

시도가 무심코 몸을 움츠린 순간— 누군가의 손이 그의

입을 막았다.

"으…… 으읍!"

"의아. 시도, 왜 그러죠?"

시도가 갑자기 억눌린 소리를 내자, 유즈루는 의아해하면서 그렇게 물었다. 바로 그 순간, 시도의 발이 점점 바닥 아래로 빨려 들어가기 시작했다.

"……윽?!"

이 감각은 전에도 느낀 적이 있었다. 바로—『그림자』 안으로 빨려 들어가는 감각이었다.

시도는 손발을 버둥거렸다. 하지만 시도의 몸은 완전히 『그림자』 안으로 들어가고 말았다.

"—푸핫!"

어두운 방보다 더 어두운 공간에 도달한 후, 겨우 풀려난 시도는 크게 숨을 내쉬었다.

그리고 그는 날카로운 시선으로 방금 자신을『그림자』 안으로 끌고 온 상대를 노려보았다.

"……쿠루미."

시도가 경계심으로 가득 찬 목소리로 그렇게 부르자, 시도의 바로 옆에 있던 소녀가 웃음을 흘렸다.

주위는 칠흑색으로 물든 것처럼 어두웠지만, 그 소녀의 주위만은 확연하게 보였다. 피 같은 붉은색과 어둠 같은 검은색으로 된 드레스. 좌우 불균형하게 묶은 검은색 머리카

락. 그리고— 째깍째깍 하는 소리를 내며 시간을 새기고 있
는 황금색 왼쪽 눈.

틀림없다. 잘못 볼 리가 없다. 눈앞에 있는 이는 최악의
정령이라 불리는 〈나이트메어〉, 토키사키 쿠루미였다.

"어머, 어머. 그렇게 노려보지 마세요. 모처럼 놀러왔는데
이런 대접을 당하니 눈물이 날 것만 같아요."

쿠루미는 농담을 하듯 그렇게 말했다.

하지만 시도는 그녀의 장난기 어린 목소리를 들으며 식은
땀을 흘렸다.

그럴 만도 했다. 시도는 현재 그녀의『그림자』안에 있었
다. 즉, 그의 생사여탈권을 쿠루미가 움켜쥐고 있다고 해도
과언이 아닌 것이다.

"……쿠루미, 무슨 속셈이야?"

"우후후, 방금 말씀드린 대로랍니다. 그저— 여러분과 좀
놀고 싶은 것뿐이죠."

"놀고 싶어……?"

시도가 미간을 찌푸리며 그렇게 묻자, 쿠루미는「예」하고
대답했다.

"시도 씨는 요즘 들어 아리따운 소녀들과 마음껏 놀고 계
신 것 같더군요……."

"남들이 그 말을 들으면 오해할 거라고……."

"어머나, 하지만 사실이잖아요?"

쿠루미는 시도의 반응을 즐기며 그렇게 말한 후, 다시 말을 이었다.

"꽤나 즐거워보였답니다. 제가 바쁘게 돌아다니는 와중에도, 시도 씨는 설산에 가서 스키를 타고, 산장에 묵고, 텐구 시에 돌아와서도 눈싸움을 한 걸로 모자라 눈집까지 만들었죠…… 아, 딱히 문제될 건 없답니다. 시도 씨가 얼마나 많은 여자애들과 놀아대든, 아니, 그녀들을 농락하든 저와는 아무 상관없죠."

"……."

침묵한 시도의 볼을 타고 식은땀이 흘러내렸다. ……쿠루미는 상관없다고 말하지만, 왠지 앙심을 품은 것 같다고나 할까, 따돌림을 당하고 삐친 어린애 같은 느낌이 들었던 것이다.

하지만 상대는 최악의 정령이다. 그녀의 말을 있는 그대로 받아들일 수는 없다. 시도는 약간의 긴장과 전율을 느끼면서 입을 열었다.

"그럼…… 대체 뭘 하면서 놀려는 건데?"

"후후, 여러분은 이미 저와 놀아주고 있답니다. ─제가 준비한 그 메모 덕분에 말이죠."

"……윽! 뭐?"

시도는 쿠루미의 말을 듣고 인상을 찡그렸다.

그럴 만도 했다. 쿠루미가 모습을 드러낸 순간, 아까 전의 정전과 토카가 먹은 정체불명의 식재료가 전부 그녀가 꾸민 짓일지도 모른다고 생각하기는 했다. 하지만 야미나베 또한 쿠루미가 제안한 것일 거라고는 상상도 못했다.

쿠루미는 시도의 반응이 마음에 들었는지 웃음을 흘렸다.

"예, 그렇답니다. 여러분이 즐겁게 저녁 메뉴를 정하고 계시기에, 무심코 노파심에 도와드리고 말았죠. 우후후, 덕분에 즐거운 시간을 보내지 않았나요?"

"너…… 대체 냄비 안에 뭘 집어넣은 거야? 설마 진짜로 독을……."

"그런 짓은 하지 않았어요. 아까 말했다시피, 저는 오늘 여러분과 놀러 왔답니다. 그러니 냄비에 못 먹을 걸 넣지는 않았어요. 토카 양도 저대로 쉬다 보면 곧 정신을 차리겠죠."

"……."

미심쩍은 이야기지만, 지금은 쿠루미의 말을 믿을 수밖에 없었다. 그녀는 매우 위험한 정령이지만, 자신이 정한 룰을 어기지는 않았다.

시도가 어떤 생각을 하는지 눈치챈 쿠루미는 미소를 머금은 채 말을 이었다.

"제 요구는 단 하나예요. 저와 더 놀아주세요."

"더 놀아달라니…… 야미나베를 계속 하라는 거야……?!"

"예. 그렇답니다. 모처럼 여러분을 위해 식재료를 잔뜩 준비했는데, 토카 양 이외에는 아무도 그걸 맛보지 않는다면 정말 슬플 테니까요."

"식재료를…… 잔뜩……."

시도는 그 불길하기 그지없는 말을 듣고 몸을 부르르 떨었다.

토카조차도 한 방에 기절해버릴 정도의 특선 재료가 잔뜩 들어있는 전골을 계속 먹는다. 그게 무엇을 의미하는지 시도는 쉬이 상상할 수 있었다.

하지만 그렇다고 해서 거절하는 것도 좋은 생각이라 할 수 없었다. 쿠루미가 마음만 먹는다면 이 자리에 있는 이들 모두에게 해를 가할 수 있으리라. 시도와 정령들은 쿠루미의 장난기 덕분에 살아있는 거라고 해도 과언이 아닌 것이다.

"우후후, 후후. 이해가 되셨나 보군요. ―참, 저에 대한 건 다른 분들에게 비밀로 해주시겠어요? 다른 분들이 알고 난리법석을 피운다면 『처리』할 수밖에 없으니까요."

"큭……."

쿠루미가 협박하는 듯한 어조로 그렇게 말하자, 시도는 이를 꽉 물었다.

하지만 지금은 그녀가 시키는 대로 할 수밖에 없다. 시도는 주먹을 말아 쥐며 시키는 대로 하겠다는 듯이 손을 살며시 들었다.

그러자 쿠루미는 씨익 웃으면서 손가락을 튕겼다.

"우왓……?!"

다음 순간, 시도는 몸이 붕 뜨는 느낌을 받으면서 『그림자』 밖에 존재하는 자신의 집 거실로 귀환했다.

"—빠! 오빠?"

"윽! 으, 응……. 코토리, 무슨 일이야?"

느닷없이 이름을 불린 시도가 허둥지둥 대답했다. 그러자 코토리는 불만 섞인 목소리로 「정말~」 하고 말을 이었다.

"무시 좀 하지 마~. 아까부터 계속 불렀단 말이야~."

"미, 미안해. 딴 생각 좀 했거든."

"정말~. 그런데, 불이 안 켜지는 거야?"

"응……. 한동안은 무리일 것 같아."

시도가 그렇게 말하면서 코타츠 쪽으로 걸어오자, 이번에는 오리가미가 입을 열었다.

"전기 계통이 고장 난 거라면 내가 살펴볼게. 만약 대규모 정전이 일어난 거라면 우리 집으로 가자. 비상용 발전기가 있어."

"……뭐랄까, 대단하네. 평소에는 무섭지만, 이럴 때는 믿음직해."

나츠미는 약간의 어이없음과 희망이 어린 목소리로 그렇게 말했다. 하지만 시도는 고개를 저으며 말을 이었다.

"—다들, 야미나베를 계속하자."

거실 안이 어둡기 때문에 시도의 표정을 확인하지는 못하겠지만…… 그 말을 입에 담은 시도에게서 풍겨 나오는 범상치 않은 분위기를 다들 느낀 것 같았다. 정령들은 영문을 모른 채 숨을 삼키거나, 한숨을 내쉬었다.

"시도, 무슨 소리를 하는 것이냐. 내 권속인 토카가 혼돈의 어둠을 견디지 못하고 쓰러졌지 않느냐. 그런 어둠에 다시 도전하려 하다니…… 지나친 용기는 만용이나 다름없느니라."

"동의. 너무 위험해요."

"……알아. 하지만 부탁할게. 자세한 사정은 이야기할 수 없지만…… 지금은 그럴 수밖에 없어."

"""……"""

시도가 진지한 목소리로 애원하자, 정령들은 잠시 생각에 잠기더니 곧 한숨을 내쉬었다.

그리고 그 뒤를 이어 천이 스치는 소리가 들렸다. 마치— 머리카락을 묶은 리본을 바꿔 매는 듯한 소리였다.

"—좋아. 잘은 모르겠지만, 시도가 이렇게까지 말하는 걸 보면 분명 이유가 있겠지. 어울려줄게."

코토리는 그렇게 말했다. 하지만 아까지 느긋했던 그 목소리에는 어느새 긴장감이 어려 있었다. 강력한 마인드 세팅을 통해 사령관 모드가 된 것이다.

코토리의 뒤를 잇듯, 다른 정령들도 동의했다.

"흠…… 좋다. 야마이에게 있어 어둠은 두려워할 존재가 아니라 종속시킬 존재이니라."

"시도의 뜻에 따르겠어."

"다들······."

시도는 그녀들을 향해 고개를 숙인 후, 결의에 찬 표정을 지으며 고개를 들었다.

"좋아······. 그럼 다시 시작하자. 이번에는 코토리의 차례지?"

"응. 그럼 먹어볼까."

코토리는 고개를 끄덕이며 냄비 안에 든 것을 자신의 그릇에 담았다. 목소리에서는 동요한 기색이 느껴지지 않았다.

"코, 코토리. 조심해."

"걱정하지 마. 토카는 쓰러졌지만, 다른 애들은 멀쩡하잖아. 그리고 아무리 이상한 재료가 걸리더라도, 국물로 중화 아아아아앗?!"

코토리가 그렇게 말하면서 그릇에 입을 대고 국물을 마신 순간, 그녀는 비명인지 신음인지 알 수 없는 소리를 내며 그 자리에서 쓰러졌다. 그녀가 들고 있던 그릇이 코타츠에 부딪치면서 둔탁한 소리를 냈다.

"코토리?!"

"어, 어버버버버버······."

코토리의 이름을 외친 시도는 어둠속에서 희미하게 보이는 동생의 실루엣이 경련을 일으키고 있다는 것을 깨달았다.

"앗······?!"

"코토리 씨가 한 방에······?!"

"동요. 코토리는 아직 재료를 먹지도 않았어요."

언제나 듬직하던 코토리가 순식간에 탈락하자, 정령들은 동요하고 말았다.

바로 그때, 나츠미로 보이는 실루엣이 냄비 쪽으로 다가가 더니,「윽」하고 숨을 삼켰다.

"……저기, 육수에서 나는 냄새가 아까와 다른 것 같아……."

"뭐……?"

그 말을 듣고 냄비를 향해 얼굴을 내민 시도는 표정을 일 그러뜨렸다.

"이, 이 냄새는 뭐야……."

나츠미가 방금 말한 것처럼, 시도가 정성 들여 우려낸 다 시마 육수가 정체불명의 무언가로 변모했다. 냄비를 향해 얼굴을 내밀었을 뿐인데 눈이 아플 정도로 냄새가 자극적이 었다. 굳이 따지자면 예전에 오리가미가 자신의 집에 온 시 도에게 대접했던 외국산 차(오리가미는 그렇게 주장했다)에 가까웠다.

"우후후, 아무래도 아까 토카 양이 국자로 냄비 안을 휘저 었을 때, 제가 넣은 재료 중 몇 개가 육수에 녹은 것 같군요."

쿠루미의 속삭임이 시도의 귓속으로 스며들어왔다. 시도 는 그 말을 듣고 어깨를 부르르 떨었다. 아무래도 그녀 또한 그림자 밖으로 나온 것 같았다.

"뭐, 뭐라고……?"

시도는 절망에 물든 목소리로 그렇게 말했다. 그러는 것도 무리는 아니었다. 전골의 국물 자체가 흉기가 되어버렸으니 말이다. 이래서는 쿠루미가 넣은 재료를 육수로 중화하는 것은 물론, 평범한 재료 또한 이 악취에 침식당할지도 모른다.

　하지만 그렇다고 해서 야미나베를 중단할 수도 없다. 시도는 분하다는 듯이 이를 악물고, 신음을 흘리듯 목소리를 쥐어짰다.

　"어쩔 수 없지……. 가능한 한 국물은 마시지 말고, 건더기만 먹자. 서둘러! 서두르지 않으면 무해한 재료들도 육수에 오염되고 말 거야!"

　"……아, 알았어……."

　희미하게 떨리는 목소리로 그렇게 말한 사람은 코토리의 다음 차례인 나츠미였다. 각오를 다진 그녀는 재료를 그릇에 담은 후, 식욕이 아닌 긴장 때문에 분비된 침을 삼키면서 그 재료를 입에 넣었다.

　"우물…… 어……? 이게 뭐지? 말랑말랑한 게, 과이이이이일?! 콜록, 으윽, 꾸에에엑!"

　나츠미는 재료를 한입 씹더니 그대로 격렬한 기침을 토했다.

　"아~! 아아아아아앗?!"

　입을 벌린 그녀는 절규를 토했다. 시도는 그 소리를 듣고 당혹스럽다는 듯이 미간을 찌푸렸다.

"나, 나츠미?! 왜 그래?!"

"매…… 매워! 물! 물!"

나츠미는 고함을 지르면서 그릇에 담긴 육수를 전부 들이켰다. ―코토리를 단숨에 기절시켰던, 바로 그 육수를 말이다.

"커억……?!"

다음 순간, 나츠미는 코토리와 마찬가지로 숨을 삼키며 그 자리에 벌러덩 쓰러졌다.

"나츠미!"

"어머어머…… 아무래도 캐롤라이나 리퍼를 먹은 것 같군요."

쿠루미가 웃으면서 그렇게 말했다. 시도는 처음 듣는 단어를 듣고 고개를 갸웃거렸다.

"캐롤…… 뭐?"

"캐롤라이나 리퍼예요. 시도 씨, 하바네로는 아시나요?"

"……응. 무지막지하게 매운 고추 말이지?"

"그 하바네로보다 약 열 배 정도 더 매운 고추랍니다."

"우릴 죽일 생각이냐?!"

그 말을 듣고 무심코 큰 소리를 낸 시도는 다음 순간 화들짝 놀라면서 정령들을 둘러보았다. 하지만 다들 쓰러진 나츠미에게 정신이 팔린 탓에 시도의 말을 듣지 못한 것 같았다.

"우후후, 큰 소리를 냈다간 다른 분들이 눈치챌지도 몰라요. 자…… 다음은 시도 씨 차례죠?"

"큭……."

쿠루미가 그렇게 말하자, 시도는 작게 숨을 삼켰다. 하지만 곧 마음을 다잡은 그는 심호흡을 한 후, 국자와 그릇을 쥐었다.

이미 셋이나 되는 정령을 격침시킨 저 악마의 전골이 무섭지 않다면 거짓말일 것이다.

하지만 자신의 말을 믿고 저 전골을 먹어준 이들을 생각해서라도, 시도는 도망칠 수 없었다. 시도는 미친 듯이 뛰는 심장을 진정시킨 후, 냄비 안에 국자를 집어넣어서 내용물을 자신의 그릇에 담았다.

그릇에서 느껴지는 묵직한 중량감이 시도가 불길한 상상을 하게 만들었다. 하지만 이미 건진 내용물을 다시 냄비에 넣을 수는 없다. 시도는 젓가락을 쥔 채 합장을 하며 말했다.

"자…… 잘 먹겠습니다. 윽……."

코토리와 나츠미를 기절시킨 육수 냄새가 코와 눈물샘에 융단폭격을 날렸다. 하지만…… 마시지만 않는다면 어찌어찌 버텨낼 수 있을 것 같았다. 시도는 숨을 참은 후, 결의를 다지며 젓가락을 그릇에 집어넣었다.

하지만—.

"……어?"

그릇에 담은 정체불명의 건더기를 젓가락으로 집은 후, 국물을 털어내듯 가볍게 흔들던 시도는 미간을 찌푸렸다.

확실히 국자로 건졌을 때부터 위화감을 느끼기는 했다. 그리고 이렇게 젓가락으로 잡아보니 그 위화감은 더욱 여실하게 느껴졌다.

한입에 먹기에는 지나치게 큰 물체였다. 국물을 듬뿍 빨아들였는지 묵직했으며, 마치 시도의 젓가락을 그릇 쪽으로 잡아당기는 듯한 착각마저 들었다.

한순간 어묵 같은 거라고 생각했지만…… 그렇지 않았다. 한 입 크기로 자르려고 해도 젓가락에 휘감기기만 할 뿐 자를 수가 없었다.

그 감촉은 마치— 천 같았다.

"으음…… 혹시 누가 실수로 손수건 같은 걸 냄비에 빠뜨린 거 아냐?"

당혹스러워하며 그렇게 말한 시도는 그 건더기를 식힌 후, 양손으로 들어올렸다.

어둑어둑한 탓에 잘 보이지는 않지만, 희미하게 윤곽이 보였다. 그것은 사각형이 아니라 오히려 삼각형에—.

"……잠깐, 이건 팬티잖아!"

시도는 그 식재료(?)의 정체를 눈치채고 무심코 비명을 질렀다.

그렇다. 냄비 안에 들어있었던 것은 바로 여성용 속옷이었다.

손수건이라면 몰라도, 이런 게 우연히 냄비에 들어갈 리가 없다. 설마 이런 것까지 넣을 줄이야. 시도는 허둥지둥 쿠루미를 향해 고개를 돌리더니, 작은 목소리로 말했다.

"……어이! 못 먹는 건 넣지 않았다고 하지 않았어?"

"예. 거짓말은 한 적 없답니다."

"헛소리 하지 마. 그럼 이건—."

시도가 말을 이으려던 순간, 어둠속에서 오리가미의 목소리가 들려왔다.

"기뻐. 시도가 건져줄 거라고 믿었어."

"잠깐, 네가 넣은 거야?!"

시도는 비명에 가까운 목소리로 그렇게 외치면서 들고 있던 속옷을 코타츠 위로 던졌다. ……그러고 보니 이 자리에는 쿠루미 이외에도 요주의 인물이 있다는 사실을 깜빡하고 있었다.

"못 먹는 건 넣으면 안 된다고 했잖아! 왜 팬티를……."

"그건 실크 100퍼센트야. 성분만으로 본다면 엄연히 식용이 가능해."

오리가미는 담담한 목소리로 대답했다.

너무 자신만만했기에 무심코 고개를 끄덕일 뻔한 시도는 곧 고개를 저으며 말했다.

"무, 무슨 소리를 하는 거야……. 그러면 나무껍질이나 가죽구두를 넣어도 되는 거잖아. 어디까지나 상식적인 범위 내에서……."

"나는 시도의 팬티라면 먹을 수 있어. 그러니 팬티는 식용

품이라고 할 수 있어. 증명 완료.^{Q.E.D.}"

"멋대로 완료하지 말아줄래?!"

시도는 고함을 지른 후, 지친 표정을 지으며 한숨을 내쉬었다.

"……팬티 외에도 이상한 걸 넣은 건 아니지?"

"물론이야. 팬티 외에는 브래지어밖에 안 넣었어."

"넣었잖아!"

"어머, 아직 남아있는 건가요~?! 그, 그럼 제가 챌린지해도 되겠네요~?!"

미쿠가 갑자기 새된 목소리로 그렇게 말했다. 참고로 카구야는 질린 표정을 지었고, 유즈루는「감탄. 마스터 오리가미는 역시 대단해요」라고 말하며 감동했다. ……유즈루가 이런 짓을 흉내 내지 않도록 나중에 따끔하게 한 마디 해둬야겠다고 시도는 생각했다.

바로 그때, 쿠루미가 또 작은 목소리로 입을 열었다.

"우후후…… 시도 씨가 건진 것은 사람이 먹을 수 없는 거니 특별히 봐드리겠어요."

"……고마워."

시도는 매우 복잡한 표정을 지으며 대답했다. ……하지만 오리가미의 팬티 덕분에 쿠루미의 특선 재료를 맛보지 않아도 되었다는 것은 엄연한 사실이었다. 시도는 마음속으로 오리가미에게 고맙다고 말한 후, 다음은 누구 차례인지 생각했다.

"……아, 그러고 보니 내가 마지막이니까 이걸로 한 바퀴 돈 거네. 가능하면 이걸로 끝내줬으면 좋겠는데……."

"당연히 안 되죠. 제가 만족할 때까지 어울려주세요."

시도의 말을 끊듯, 쿠루미의 목소리가 들려왔다. ……예상은 했지만 역시 이대로 끝낼 수는 없을 것 같았다.

"……그럼 다음은 요시노 차례—"

바로 그때, 시도는 불현듯 어떤 사실을 떠올리고 말을 멈췄다.

확실히 한 번씩 차례가 돌기는 했다. 하지만 이 냄비에 재료를 넣은 이들 중 아직 시식을 하지 않은 사람이 한 명 존재했다.

"……저기, 쿠루미. 냄비에 재료를 넣었다는 건, 너도 야미나베에 참가한 거잖아? 설마 참가자면서 재료만 넣고 음식을 먹지 않으려는 건…… 아니겠지?"

시도는 다른 이들에게 들리지 않도록 작은 목소리로 쿠루미를 도발했다.

그렇다. 이 야미나베에 위험한 재료를 잔뜩 집어넣은 쿠루미는 아직 한 번도 시식을 하지 않았던 것이다.

하지만 시도는 쿠루미에게 이 위험천만한 음식을 억지로 먹일 생각은 없었다. 그저 쿠루미가 자기가 만든 매드 몬스터를 두려워한 나머지 도망쳐주기를 바랄 뿐이었다.

영력과 어둠이라는 절대적인 이점을 손아귀가 쥔 쿠루미에게 쓰기에는 위험천만한 수단이었다. 하지만 자존심이 강한 쿠루미라면 룰을 어기면서까지 이 『놀이』를 즐기는 것에 거부감을 느끼리라.

하지만―.

"물론 아니에요. 그럼 저도 맛보도록 하죠."

쿠루미는 별일 아니라는 듯이 그렇게 말하고는 냄비 안의 내용물을 자신의 그릇에 옮겨 담았다.

"뭐?"

시도는 그 뜻밖의 반응을 보고 눈을 크게 떴다. 쿠루미가 이렇게 순순히 이 제안에 따를 거라고는 생각도 못했던 것이다.

설마 암시 스코프라도 써서 냄비 안의 내용물이 잘 보이는 걸까? 아니면 저 강렬한 국물과 재료가 몸 안에 들어와도 아무렇지 않은―.

"……히익―."

시도가 그런 생각을 하고 있을 때, 어둠속에서 작은 비명이 들렸다. 그 뒤를 이어 똑같은 목소리가 연달아 들려왔다.

"무리무리, 무리예요……!"

"어쩔 수 없어요. 시도 씨의 말은 옳으니까요. 『제』가 먹지 않을 수는 없어요."

"참아주세요. 승리에는 희생이 뒤따르는 법이랍니다."

"이건…… 으윽, 『저』는 꽤나 무시무시한 걸 건졌군요. 살미아키가 잔뜩 들어있는 유부주머니예요."

그 말의 뒤를 이어, 쿠루미의 겁먹은 듯한 목소리가 들려왔다.

살미아키…… 북유럽 사람들만 먹는다는 과자이자, 보통 『세상에서 가장 맛없는 사탕』『고무맛』『암모니아 덩어리』라고 불리는 사탕이었다.

"히익……, 우욱, 쿨럭쿨럭쿨럭!"

옆에서 고통에 찬 목소리와 함께, 그 자리에 누군가가 털썩 쓰러지는 소리가 들렸다. 느닷없이 큰 소리가 들리자, 아직 기절하지 않은 정령들이 동요했다.

"바, 방금 그건…… 누구 목소리죠?"

"어, 아직 아무도 음식을 먹지 않았죠~? 유, 유령이 나타난 걸까요~?!"

"으, 으음……."

시도가 대답을 못하고 있을 때, 웃음기가 어린 차분한 목소리가 그의 귓속으로 흘러들어왔다.

"우후후. 자, 이제 만족했죠? 그럼 계속해볼까요?"

그것은 방금 쓰러진 줄 알았던 쿠루미의 목소리였다.

시도는 당혹스럽다는 듯이 눈썹을 찌푸리면서 방금 전 누군가가 쓰러지는 소리가 들린 쪽을 쳐다보았다.

그곳에서는 아직까지 누군가의 기척이 느껴졌다. 그리고

악몽에 시달릴 때 낼 법한 신음과 함께 「으…… 흐흑…… 으으으……」 하고 훌쩍이는 소리가 들렸다.

시도는 그 소리를 듣고 쿠루미는 천사의 능력을 이용해 자신의 분신을 무수하게 만들어낼 수 있다는 사실을 떠올렸다. 확실히 그들도 『쿠루미』인 것은 틀림없지만…….

"……쿠루미. 너, 설마 분신에게 먹인—."

"자, 그럼 계속해볼까요?"

쿠루미는 시도의 말을 무시하며 그렇게 말했다.

지옥의 야미나베 두 바퀴째가— 막을 올렸다.

그리고 약 20분 후…….

시도의 집 거실에서는 처참한 광경이 펼쳐져 있었다.

물론 주위는 여전히 어둠에 뒤덮여 있었다. 어둠에 눈이 익기는 했지만, 거실 구석구석까지 세세하게 보이지는 않았다.

하지만 바닥에 쓰러진 실루엣들이 간헐적으로 내뱉고 있는 고통 섞인 목소리와 울음소리는 이 공간을 중상자들만 수용된 야전병원 혹은 이 세상에 미련이 있는 영혼들이 모여 있는 전쟁터 같은 느낌으로 만들었다.

"으…… 윽……"

야미나베는 이미 세 바퀴째에 접어들었다. 시도는 기적적으로 살아남았지만, 시간이 갈수록 진해지고 있는 육수의 풍미가 그의 몸을 좀먹고 있었다.

참고로 현재 시도와 쿠루미 이외에 의식을 유지하고 있는 이는 맞은편에 있는 오리가미 뿐이었다. 요시노는 나츠미와 마찬가지로 지독하게 매운 고추와 육수 콤보에 당했고, 유즈루는 살미아키가 들어있는 유부 주머니를 먹고 그대로 기절했다.

그리고 카구야는 자기가 넣은 갈고등어에 당했고, 미쿠는 「기절한 사람들을 간호할게요!」라고 말하며 일어서다가 코타츠의 전선에 발이 걸려 기둥에 박치기를 하고 기절했다.

그 외에도 시도의 주위에서는 쿠루미와 비슷한 목소리를 지닌 소녀의 훌쩍임이 들려왔지만…… 그건 일단 제쳐두기로 했다.

"우후후……. 역시 오리가미 씨는 웬만한 자극으로는 쓰러지지 않는군요. 시도 씨도 행운과 투지가 상당한걸요."

"……치, 칭찬해줘서…… 고마워……."

시도는 거친 숨을 내쉬며 쿠루미의 말에 대답했다. 바로 그때, 시도의 맞은편에서 식기가 부딪치는 소리가 들려왔다.

"……내, 차례야."

오리가미는 희미하게 떨리는 목소리로 그렇게 말한 후, 냄비 안의 재료를 자신의 그릇에 담았다.

시도는 지금까지 운 좋게도 『당첨』되지 않았지만, 오리가미는 쿠루미가 집어넣은 엄선 재료를 두 번이나 먹었다. 아직 강인한 인내력으로 어찌어찌 버티고 있지만, 역시 상당한 대미지를 입은 것 같았다.

　"……윽!"

　오리가미가 냄비 안에 있던 건더기를 입에 넣은 순간, 그녀의 실루엣이 뒤편으로 쓰러졌다.

　"오— 오리가미!"

　시도는 무심코 크게 오리가미를 불렀다. 지금까지 야마나베를 견뎌냈던 오리가미가 쓰러질 줄이야. 역시 대미지가 축적됐던 것일까. 아니면— 오리가미조차 견뎌내지 못할 정도로 강력한 식재료에 걸리고 만 것일까.

　시도가 경악을 금치 못하고 있을 때, 오리가미 쪽에서 신음이나 흐느낌과 다른…… 예를 들면 강아지가 주인에게 어리광을 부리는 듯한 소리가 들렸다.

　"……크응…….."

　"뭐, 뭐야……?"

　시도가 당혹스러운 표정을 지은 순간, 쿠루미의 웃음소리가 그의 귓속으로 흘러들어왔다.

　"어머나, 아무래도 그걸 건지고 만 것 같군요."

　"그거……?"

　"예. 아까 방에서 채취해온 시도 씨의 속옷이랍니다."

"너 대체 뭘 집어넣은 거야?! 그리고 그건 식재료가 아니라고!"

시도가 그렇게 외쳤지만, 쿠루미는 즐거운 듯이 웃으며 말했다.

"어머, 아까 오리가미 양이 자기 입으로 먹을 수 있다고 말했잖아요. 우후후, 이제까지 버텨낸 오리가미 양을 격침시키다니…… 발상의 전환이라는 건 정말 중요하군요."

쿠루미는 그렇게 말하면서 기지개를 켜더니, 만족스러운 듯이 한숨을 내쉬었다.

"자, 다른 분들은 전부 의식을 잃으신 것 같으니, 저도 이만 돌아가겠어요. 뭐, 저희 둘이서 한 명만 남을 때까지 계속하는 것도 좋겠지만 말이죠. 하지만 저한테는 예비 위장이 얼마든지 있답니다."

"뭐……."

시도는 쿠루미의 제안을 듣고 말문이 막혔다. 바로 그 순간, 주위에 쓰러져 있던 이들 중 일부가 움찔한 듯한 느낌이 들었다.

그 사실을 눈치채지 못했는지 쿠루미가 후훗 하고 웃었다.

"우후후, 농담이랍니다. 시도 씨, 즐거웠어요. 다음에 또 같이 놀죠."

"……사양하겠어."

"어머어머, 너무하군요."

시도가 도끼눈을 띠면서 말하자, 쿠루미는 작게 웃으며 그렇게 대답했다.

그리고 몸을 일으킨 쿠루미가 돌아가려 한 그 순간이었다.

"······잠깐~ 기다려 주세요······."

바닥 쪽에서 그런 목소리가 들리는가 싶더니, 쓰러져 있던 누군가가 쿠루미의 발을 움켜잡았다.

"······어머?"

쿠루미는 영문을 모르겠다는 듯이 고개를 갸웃거렸다. 그러자 주위에 웅크리고 있던 이들 중 세 명이 천천히 몸을 일으켰다.

"어디에 가려는 거죠······『저』······."

"아직 할 일이 남았잖아요······?"

"······『저희』만 식사를 하는 건 『저』에게 너무 죄송하답니다. 『저』도 부디 맛봐주셨으면 해요."

"히익······?!"

쿠루미와 똑같은 목소리를 지닌 이들이 차례차례 그렇게 말하자, 쿠루미는 숨을 삼켰다.

"뭐, 뭐하는 거죠······?!"

누군가가 쿠루미가 꼼짝 못하도록 움켜잡았다. 그리고 다른 한 명이 냄비에 남아있던 음식을 그릇에 가득 담더니, 쿠루미를 향해 걸음을 옮겼다.

"자······『저』, 많이 드세요. 사양할 필요는 없답니다."

"이건…… 후후, 토카 양이 넣은 콩고물 빵이군요."

"어머나…… 맛있는 육수를 듬뿍 빨아들인 것 같아요."

분신이 쿠루미의 입을 벌렸다. 그리고 악취를 풍기는 음식을 그녀의 입가로 가져갔다.

"아…… 안 돼, 꺄…… 꺄아아아아아아아아!"

쿠루미의 새된 절규가 어둑어둑한 거실에서 메아리쳤다.

"어, 어이, 쿠루미—."

그 범상치 않은 상황에 시도가 입을 연 그 순간, 불이 켜지더니 지금까지 어둠에 뒤덮여있던 거실을 환하게 밝혔다.

"우왓?!"

시도는 갑작스러운 불빛 때문에 무심코 눈을 감았다. 그리고 몇 초 후, 천천히 눈을 떠보니…… 쿠루미는 어느새 사라졌다.

거실에는 의식을 잃은 정령들이 축 늘어져 있었다. 마치 전쟁터를 연상케 하는 그 광경을 본 시도의 볼을 타고 식은땀이 흘러내렸다.

"뭐…… 뭐가 어떻게 된 거야……."

시도는 당혹스럽다는 듯이 미간을 찌푸린 후, 일단 다른 이들을 간호하기 시작했다.

◇

"으, 으윽······."

쿠루미는 어두운 그림자 속에서 몸을 웅크린 채 입을 막고 있었다.

"어머어머, 고생이 많군요······."

"자, 『저』. 물 마시세요."

그런 쿠루미의 등을 『쿠루미』가 쓰다듬어줬고, 또 다른 『쿠루미』가 물이 들어있는 컵을 내밀었다.

쿠루미는 희미하게 떨리는 손으로 그 컵을 쥐더니, 물을 단숨에 들이켰다.

"하아······, 하아······."

거친 숨을 내쉰 쿠루미는 비틀거리면서 몸을 일으켰다. 하지만 입안은 염증이라도 생긴 것처럼 얼얼했고, 숨을 쉴 때마다 자극적인 냄새가 코를 찔렀다.

그럴 만도 했다. 토카가 넣은 콩고물 빵에는 쿠루미가 투입한 식재료의 무시무시한 엑기스가 응축되어 있었던 것이다. 그런 것을 먹었으니 무사할 리가 없었다. 쿠루미조차도 한순간 의식을 잃을 뻔 했다. 다른 분신들이 그림자 안으로 옮겨주지 않았다면 시도의 집에 남겨졌을지도 모른다.

"호, 호되게······ 당했군요······."

쿠루미는 거친 숨을 내쉬면서 말했다. 그러자 분신들이 쿠루미의 등을 부드럽게 어루만져주면서 말했다.

"어머어머. 하지만 『저』도 나빴어요. 『저희』에게 그 음식들을 떠넘겼잖아요."

"그래요. 『저희』의 마음도 헤아려주세요."

"……큭."

쿠루미가 낮은 신음을 흘리자, 이번에는 다른 분신들이
입을 열었다.

"하지만 『저』의 마음도 이해는 돼요. 『저』도 시도 씨와 놀
고 싶을 테죠."

"예. 그럼 솔직하게 부탁하면 될 텐데 말이죠."

"무리예요. 왜냐면 『저』니까요."

"""아하~."""

"뭘 멋대로 납득하는 거죠?! 『저』는 딱히…… 읍, 우욱?!"

쿠루미는 분신들을 향해 큰 소리로 외치려다— 구역질이
난 바람에 손으로 입을 막았다.

"아앗, 진정하세요."

"자, 물 한 잔 더 드세요."

"으으……."

쿠루미는 분신들에게 간호를 받으면서, 두 번 다시 야미나
베를 하지 않겠다고 맹세했다.

■작가 후기

    오래간만입니다. 타치바나 코우시입니다. 『데이트 어 라이브 앙코르5』를 보내드립니다. 어떠셨는지요. 독자 여러분께서 재미있게 읽으셨길 진심으로 빕니다.

    단편집 『앙코르』도 벌써 5권입니다. 표지는 야마이 자매입니다. 사복을 입은 †구풍의 왕녀†가 드디어 표지를 장식했습니다.

    참고로 이번 권의 저자 프로필에도 적었습니다만, 이번 『앙코르 5』가 저, 타치바나 코우시가 집필한 서른 번째 책입니다. 박수~ 짝짝짝짝! 뭐, 『데이트 어 라이브 머테리얼』도 포함했습니다만, 그것도 절반 이상은 소설이었으니 포함해도 되겠죠!

    전부 독자 여러분 덕분입니다. 앞으로도 최선을 다할 테니 잘 부탁드립니다.

    자, 그럼 이제부터 『앙코르』의 정례행사인 각화 해설을 시작하겠습니다. 스포일러가 다소 포함될 수 있으니 아직 본문을 읽지 않으신 분들은 유의해 주세오.

○오리가미 카운슬링

오래간만의 오리가미 편, 같습니다만 실은 오리가미 편이었습니다(철학).

11권에서 역사가 바뀐 후의 〈데빌〉 쪽 오리가미의 단편이었습니다. 천사 같은 쪽이 〈데빌〉이라고 불리니 아이러니하군요.

본편의 11권에서만 등장했습니다만, 저는 〈데빌〉이 겉으로 드러난 오리가미를 꽤 좋아합니다. 특히 내면의 충동에 저항하려 하지만 결국 저항하지 못하는 점이 말이죠. 마음속에 또 하나의 자신이 존재하며 때때로 몸이 멋대로 움직인다는 점은 중2병 같은 느낌이라 멋지군요. 또 하나의 나. 분명 피라미드 모양 퍼즐 같은 것을 만들었을 게 틀림없습니다. 최종적으로는 카드로 결판을 내겠죠. 또 한 명의 저한테는 절대 이기지 못할 것 같군요.

○레이네 홀리데이

레이네 씨의 수수께끼에 쌓인 사생활을 폭로하라! 라는 느낌의 단편입니다. 레이네 씨가 어떤 휴일을 보내는지 알기 위해 미행하는 이야기죠. 시간이 지날수록 일이 걷잡을 수 없이 커져갑니다. 뭐, 레이네 씨는 자신의 스펙으로 웬만한 일은 전부 해결해버리지만요.

실은 이 이야기를 쓰기 전에 레이네 씨의 맞선 이야기를 써봤습니다만 그다지 재미가 없어서 폐기했습니다. 소재 자체는 나쁘지 않았으니 다음에 기회가 된다면 다시 써볼까 합니다. 하지만 개인적으로는 타마 선생님과 레이네 씨가 함께 맞선 파티에 가는 이야기를 써보고 싶어요.

○백은 아스트레이

『데이트 어 라이브』의 이야기는 봄에 시작되었기에, 이 권수가 되어서야 겨울 이야기를 쓸 수 있게 되었습니다. 그런 고로 설산을 무대로 삼아봤습니다. 그리고 다 같이 설산에 갔는데 조난을 당하지 않을 리가 없지 않습니까(편견).

그러고 보니 예전에 점포 특전으로 시도와 오리가미가 조난을 당하는 짤막한 이야기를 쓴 적이 있습니다만, 그 이야기의 단편 버전을 드디어 쓴 듯한 느낌입니다. 게다가 시간이 흐르면서 오리가미는 유즈루, 미쿠라는 강력한 아군을 얻었죠. 이것이 우정 파워일까요? 시도의 정조가 위험합니다.

○백은 머더러

백은 단편 후편. 눈보라치는 산장에서 살인사건이 일어나

지 않을 리가 없지 않습니까(편견). 설산은 편견으로 가득
차 있군요. 담당 편집자님이 전화상으로 카마이타치! 카마
이타치!(일보가 뎀○시롤을 날렸을 때 같은 느낌으로) 하고
말했습니다. 거짓말입니다.

삽화는 토카가 피범벅이 된 충격적인 장면입니다만, 옆에
서있는 실내복 차림의 정령들도 볼만합니다. 나츠미의 호박
바지는 너무 귀여워서 사복 장면을 더 넣어야겠다는 생각마
저 들 정도였지요.

○정령 스노 워즈

이번 무대는 텐구 시입니다. 내용은 타이틀을 보면 짐작
이 되시겠지만 다 같이 눈싸움을 하는 거죠. 가위 바위 보
로 팀을 나눴습니다만, 백은 아스트레이 때의 조난 3인조가
한 팀이 되었습니다. 우연이란 건 정말 무시무시하군요. 참
고로 각 팀의 명칭은 꽤 마음에 들었습니다. 『바이스 레기
온』…… 대체 누가 지은 걸까요. 정말 멋진 이름입니다.

그리고 나츠미가 깃발을 탈취하는 삽화에 그려진 눈사람
도 정말 끝내줍니다. 요시노 일행이 만든 듯한 토끼 귀 눈
사람과 척 봐도 카구야가 꾸민 듯한 『케니히 슈니 영식』이
정말 멋지죠. 참고로 말씀드리자면, 제가 따로 삽화에 이런
것들을 넣어달라고 요청하지는 않았습니다. 이렇게 세세한

부분까지 신경을 써 주시는 츠나코 씨는 정말 대단한 분입니다.

　○정령 다크 매터

　이번 단편집에는 백은 아스트레이, 백은 머더러, 정령 스노 워즈처럼 겨울을 소재로 한 이야기가 많기 때문에, 신작 단편도 겨울이기에 가능한 이야기를 써보고 싶었습니다. 그래서 야미나베를 소재로 삼았죠. ……대체 어째서일까요?
　그리고 요즘 들어 출연이 뜸해지신 그 분도 등장합니다. 작품 안에서는 나오지 않았습니다만, 다른 이들이 쓴 메모지를 바꿔치기 하고, 자기가 준비한 식재료를 냄비에 넣는 그녀를 연상하니 절로 입가에 미소가 맺힙니다. 아마 「으으…… 냄새가 너무 역해요……. 구역질 날 것 같아요……」라고 말하면서 만두를 빚었겠죠(※개인적인 상상입니다).

　그럼 마지막으로 이 책이 나올 수 있도록 힘써주신 분들께 감사 인사를 드릴까 합니다.
　일러스트를 담당하신 츠나코 씨, 담당 편집자님. 디자인을 맡아주시는 쿠사노 씨, 편집부와 영업 담당자님, 그 외에도 출판, 유통, 판매에 관여해주신 모든 분들, 마지막으로 지금 이 책을 읽고 계신 여러분. 정말 감사드립니다.

그럼 다음 책에서 또 뵐 수 있기를 진심으로 빌겠습니다.

2016년 3월 타치바나 코우시

초출(初出)

DATE A LIVE
ENCORE 5

■ 역자 후기

안녕하십니까. 근로청년 번역가 이승원입니다.

『데이트 어 라이브 앙코르 5권』을 구매해주셔서 진심으로 감사드립니다.

11월이 되니 날씨가 정말 춥습니다.

얼마 전만 해도 더워서 반팔을 입고 다녔는데, 지금은 겨울 점퍼를 꺼내서 입는 게 신기할 정도로 날씨가 쌀쌀합니다.

날씨가 추워져서 모기향을 안 피워도 되겠다 싶으니, 이제 전기장판을 꺼내야겠군요.

이런 쌀쌀한 날씨에는 따끈한 돼지국밥이 좋습니다만…… 건강관리 중인지라 한동안은 꿈도 못 꿉니다, AHAHA.

빨리 건강을 되찾아서 제 소울 푸드인 돼지국밥을 마음 편히 먹을 수 있는 날이 오기를 빌며 하루하루를 살고 있습니다.^^

그럼 이번 권에 대해 조금 이야기를 해볼까 합니다. 스포

일러가 포함될 수 있으니 아직 본문을 읽지 않은 독자 분께서는 유의해주시길 부탁드립니다.

이번 단편집에는 겨울을 무대로 한 이야기가 많습니다. 설산 조난, 산장 살인 사건, 눈싸움, 그리고 야미나베!

하지만 개인적으로 가장 재미있게 읽은 것은 오리가미 카운슬링이었네요.

11권에 등장했던 데빌 오리가미(……흑, 왜 이 착한 아이가 데빌이라 불려야 하는 걸까요ㅠㅜ)가 단편에 재등장! 천사와 악마라는 이중성이 자아내는 매력이 정말 물씬 풍겨 나왔습니다. 그리고 시도와 토카 앞에서는 본성(^^)이 마구마구 드러나죠.

그리고 지금까지는 여러 가지 이유 때문에 정령과 적대 관계였던 오리가미가 정식으로 시도 하렘(-_-;)에 편입되면서 단편집에서 대활약을 합니다. 이번 단편집에 실린 이야기 중 『레이네 홀리데이』 이외의 작품에서는 전부 오리가미가 감초 역할을 하고 있죠.

오리가미가 시도 하렘에 정식 편입된 것만으로 이렇게 재미있는 이야기를 만들어낼 수 있다니…… 만약 쿠루미까지 들어온다면 어떤 이야기가 펼쳐질지 상상조차 되지 않습니다.

언젠가 찾아올 그날을 역자로서, 그리고 한 사람의 독자로서 고대하겠습니다!

그럼 이만 줄이겠습니다.

정령들의 매력을 물씬 느낄 수 있는 이 작품을 저에게 맡겨주신 L노벨 편집부 여러분, 정말 감사합니다.

금주 중인 저를 위해 일부러 과일 주스를 사서 술자리에 와준 악우 여러분, 감사합니다. 빨리 몸 추슬러서 다시 술판을 벌일 수 있도록 노력하겠습니다.ㅠㅜ

마지막으로 언제나 제게 버팀목이 되어주시는 어머니와 『데이트 어 라이브』를 읽어주신 모든 분들께 진심으로 감사드립니다.

우주 정령(?)&반전 정령(?)과의 위험천만한 양다리 데이트가 벌어지는 15권 역자 후기 코너에서 다시 뵙겠습니다!

2016년 11월 초
역자 이승원 올림

데이트 어 라이브 앙코르 5

초판 1쇄 발행 2017년 1월 10일

지은이_ Koushi Tachibana
일러스트_ Tsunako
옮긴이_ 이승원

발행인_ 신현호
편집부장_ 김은주
편집진행_ 최은진 · 김기준 · 김승신 · 원현선
편집디자인_ 양우연
국제업무_ 정아라
관리 · 영업_ 김민원 · 조인희

펴낸곳_ (주)디앤씨미디어
등록_ 2002년 4월 25일 제20-260호
주소_ 서울시 구로구 디지털로 26길 111 JnK디지털타워 503호
전화_ 02-333-2513(대표)
팩시밀리_ 02-333-2514
이메일_ lnovelpiya@naver.com
ㄴ노벨 공식 카페_ http://cafe.naver.com/lnovel11

DATE A LIVE ENCORE Vol. 5
ⓒ Koushi Tachibana, Tsunako 2016
First published in Japan in 2016 by KADOKAWA CORPORATION, Tokyo.
Korean translation rights arranged with KADOKAWA CORPORATION, Tokyo.

ISBN 979-11-278-3983-3 04830
ISBN 978-89-267-9334-3 (세트)

값 6,800원

© Takehaya
illustration Poco
Originally published by HOBBY JAPAN

단칸방의 침략자!? 1~21권

타케하야 지음 | 뽀코 일러스트 | 원성민 옮김

소년 사토미 코타로가 홀로서기를 위해 찾아낸 단칸방.
부엌 욕실 화장실 포함에 월세는 단돈 5천엔.
어느샌가 그 방은 침략 목표가 되었다?!

'미소녀', '유령', '외계인', '코스플레이어' 그 누가 상대라해도

"너희에게 이 방을 넘겨줄 수는 없어!"

단 한칸의 방을 걸고 벌어지는 침략일기, 시작합니다!

TV애니메이션 방영 화제작!!

현자의 손자 1권

요시오카 츠요시 지음 | 키쿠치 세이지 일러스트 | 최승원 옮김

사고로 죽었을 청년이 갓난아기의 모습으로 이세계에서 환생!
구국의 영웅 「현자」 멀린 월포드에게 거둬진 그는 신이라는 이름을 받는다.
손자로서 멀린의 기술을 흡수해가며 놀라운 힘을 얻게 된 신이었지만,
그가 열다섯 살이 되자 할아버지는 이렇게 말했다.
"상식을 가르치는 걸 깜빡했구만!"
이런 이유로 신은 상식과 친구를 얻기 위해
알스하이드 고등 마법학원에 입학하게 되는데―.

『규격 외』 소년의 파격적인 이세계 판타지 라이프, 여기서 개막!